ベリーズ文庫

次期社長の甘い求婚

田崎くるみ

JN179708

STARTS
スターツ出版株式会社

目次

次期社長の甘い求婚

次期社長の甘い求婚

興味ありません

昼休みのオフィスの化粧室といえば、女性社員の情報交換の場であるのが鉄板。それは、私が勤める職場も例外ではない。

「今日の恭様《きょう》、見た!?」

「見た見た！　頬の引っかき傷でしょ？　あれ、絶対女だよね～」

「あの噂《うわさ》、本当なのかな？　特定の彼女作らずに遊んでるって」

「えー、でも恭様にならば遊ばれてもいいよね」

先輩たちが、主婦のように井戸端会議をしている。

たしなみ程度に化粧直しをしながら、その話に耳を傾けてしまう私、小野寺《おのでら》美月《みつき》。

入社一年目の二十三歳。

くっきり二重《ふたえ》の目に、色白で透き通るような肌はうらやましがられることもあるけれど、アイメイクをすると派手になりすぎてしまうし、私は健康的な小麦色の肌に憧れている。

仕事中は背中まである黒髪を、クリップでひとつにまとめている。身長は百六十三センチと女性としてはやや高めで、スタイルは人並みだ。

大学を卒業後、東京に本社をかまえる大手食品メーカー、『かみの食品株式会社』に入社。ここではスナック、チョコレートなどの菓子類の開発、製造を主にしており、最近では加工食品も展開している。総従業員数は約五千人で、全国に製造工場や営業所が十五ヵ所ある。

私が勤めているのは本社近くにある関東営業所で、地上五階建てビルには約三百人の社員が勤めている。

私は社内で使う備品の調達や管理、会議室の予約管理、慶弔関係の事務など、幅広い雑務を行う総務部庶務課に配属された。十名いる先輩たちと一緒に、日々仕事をこなしている。

そろそろ昼休みも終わる頃。メイク道具をポーチにしまった私は、いまだに化粧室の入口を塞《ふさ》ぎ〝恭様〟の話で盛り上がっている先輩たちに軽く会釈《えしゃく》をした。

「先輩、失礼します」

「あっ、ごめんね、小野寺さん。どうぞ」

よほど会話に花を咲かせていたのか、上機嫌で道を開けてくれた。

触らぬ神に祟《たた》りなし。逃げるように去ろうとしたけれど、ひとりの先輩が話しかけてきた。

「小野寺さんって、恭様には興味がないんだよね？」

ピタリと足を止めて先輩たちを見れば、威圧的な目が向けられていた。

これだから嫌になる。女だからって皆が皆、同じタイプの男性を好きになると思っているのだろうか。

「はい、全く興味ありません。会話にいつも入ることができずにすみません」

にこやかに返せば、先輩たちの威圧的な目も和らいだ。

「ううん、気にしないで。男の趣味なんて、人それぞれだしね」

「いい人できたら、報告してね～」

そう思っているのなら、わざわざ圧力をかけてこないでほしい……なんてことはもちろん心の中で呟《つぶや》き、足早に化粧室をあとにした。

先輩たちが常に騒いでいる〝恭様〟は、我が『かみの食品株式会社』の創業者一族のひとり。現在の社長のひとり息子で、俗にいう御曹司様だ。

神《じん》恭介《きょうすけ》、二十七歳。身長百八十センチの長身で、モデルのようにスタイルがいい。

それこそテレビに出ている俳優よりも、目を引く容姿だ。黒髪のさらさらヘアは、いつもオシャレにセットされていて、切れ長の二重の瞳と筋の通った高い鼻。そして少し厚みのある唇《くちびる》は、先輩たちがよく『キスされたい唇だよね』なんて話している。
そんなイケメン御曹司様が、どうしてうちの営業所に勤務しているのか。それには
もちろん理由がある。
恭様は大学を卒業後、経営学を学ぶため三年間アメリカのワシントンへ留学。帰国
後は次期社長への道を進むべく、研修として各製造工場や営業所を三ヵ月から半年ご
とに回っている。
代々の後継者は企業のトップに立つ身として、いろいろな現場の仕事を学び、社員
たちの仕事内容を把握しておかなければならないのだ。
彼が関東営業所にやってきて約一ヵ月。恭様は営業部に配属され、日々営業のノウ
ハウを学んでいるらしい。
きっとどこの営業所、工場でも同じだと思うけど、女性社員たちは玉の輿《こし》を狙うべ
く奮闘している。私が勤める関東営業所も例外ではなく、営業部とはあまり関わりの
ない総務部の先輩たちも目をギラギラさせていた。
「イケメン御曹司……ねぇ」
庶務課に戻る途中の廊下で、ポツリと独り言を呟いてしまった。
一ヵ月の間に、私も何度か噂の恭様を見たことがあり、確かに皆が騒ぎたくなるほ

ど、いい男だと思う。

容姿も完璧、家柄も申し分なし。おまけに次期社長という肩書付き。恋愛小説の世界なら、まさに〝王道ヒーロー〟だ。

けれど、私は彼みたいな王道ヒーローには、全く興味がない。

それにはいくつか理由がある。

第一に御曹司様なんて、身分の差がありすぎて気が引ける。仮に付き合えたとしても、あまりの格差にカルチャーショックを受け、打ちのめされてしまいそう。

第二に、さっき先輩たちが話していたように、特定の彼女を作らず、女遊びの激しい人だから。いくらすべてが完璧でも、軽い人なんて論外。

そして最大の理由……それは、私が訳あって御曹司に対してトラウマがあるから。

だから先輩たちに言った言葉に嘘《うそ》はない。気を遣って遠慮したわけでも、なんでもないのだ。

「あっ、小野寺さん、おかえりー、っとと！」

「わっ！　ちょっと大丈夫ですか、鈴木《すずき》主任」

三階の一番奥にある庶務課のオフィスに戻ると、入口ドア付近にあるファイル棚の前で、上司である鈴木一郎《いちろう》主任がファイルを抱えた状態で声をかけてくれたものの……。私ばかりを見て歩いていた彼は、前方にあるデスクに激突。

手にしていたファイルが、ドササッと音をたてて床にバラまかれた。

「あちゃー、やっちゃった」

ポリポリと頭をかく姿にキュンとしてしまうのは、きっとこの会社で私だけだろう。

鈴木主任は、例の御曹司様と同じ二十七歳。身長百六十五センチと男性としては低く、ヒョロッとした体型で少々頼りない。クセ毛なのか、いつも後ろ髪がちょこんと跳《は》ねていて、細めの一重《ひとえ》の瞳は眼鏡《めがね》によって、ますます細く見えてしまう。

仕事がデキれば女性の見る目も違ってくるかもしれないけれど、残念ながらのほほんとした性格で、男性版〝ドジッ子〟だ。

「なんだ鈴木、またか？」

「すみませーん、つい……」

苦笑いする鈴木主任に、五十歳になる庶務課の課長も呆《あき》れ顔。

「まったく、仕方ないな。悪いが小野寺、手伝ってやってくれ」

「はい」

落とした弾みで、ファイルに綴《と》じられていた大量の資料が床に散らばってしまっている。

これをひとりで拾い集め、もとのファイルに戻すのは酷《こく》だ。

しゃがみ込み、散らばった資料を拾い始めると、鈴木主任は申し訳なさそうに眉根を下げた。

「ごめんね、小野寺さん。余計な仕事をさせちゃう上司で」

あぁ、もう鈴木主任ってば。他人がなんて言おうが、私には困った顔も胸キュンポイントなんだからやめてほしい。

「いいえ、気にしないでください。課長に指示されなくたって、喜んで手伝いますよ。それよりも早く片づけちゃいましょう。でないと、今日も残業確定ですよ」

高鳴る胸を抑えて平静を装うと、鈴木主任は途端に慌てだした。

「小野寺さんの言う通りだ！　今日ばかりは残業するわけにはいかないんだった！」

その理由は、聞かなくてもなんとなく想像できてしまい、胸が痛い。

「では、さっさと終わらせましょう」

もちろん勝手に抱いた感情は決して表に出さず、資料を拾い上げる。

鈴木主任は、私の理想の男性だった。仕事はデキないし、ドジッ子。けれど誰よりも優しくて、気遣いのできる素敵な人だ。

本人は無自覚なのかもしれないけど、誰もが鈴木主任の人柄に癒《いや》されているに違いない。そばにいるだけで、穏やかな気持ちになれるもの。

私の将来の夢は、平凡だけどささやかな幸せを共有できる人と、一生を添い遂げること。

鈴木主任のような人となら、それが可能だ。浮気もせず、自分のことだけを一生愛してくれて、毎日笑って暮らせる人だと思うから。

でも、案外そういう人ほど相手がいることが多くて、恋が実る確率は低い。

せっかく理想の相手と巡り合えたと思っていたのに、鈴木主任には大学時代からずっと付き合っている彼女がいる。それが今では婚約者。

ひっそり想いを寄せているだけで満足していたけれど、さすがに婚約したと聞いてからは、少しずつ諦《あきら》める準備をしているものの……恋心はそう簡単に消えてくれそうにない。

「小野寺さん、どうもありがとう。ひとりでやってたら、倍の時間がかかっていたよ」

「いいえ、そんな。気にしないでください」

無邪気な笑顔を向けられるとときめいてしまい、目を合わせていられない。

「このファイル、四階の資料室にあった物ですよね？　だったら私が片づけてきます」

逃れるように視線を逸《そ》らしてファイルを手に持つと、鈴木主任はうろたえ始めた。

「えぇっ！　そんなっ！　手伝ってもらった挙句に、片づけまでお願いできないよっ」

彼らしい慌てっぷりにほんわかしている間もなく、課長が声をあげた。

「鈴木、各部署から出された備品請求書のまとめは終わったのか？」

「あっ‼」

課長に聞かれ、面白いくらいに顔面蒼白《そうはく》になった彼を見れば、一目瞭然《りょうぜん》。すっかり頭から抜け落ちていたのだろう。

「鈴木主任、これは私が責任を持って戻しておきますので」

「本当にごめんね！」

鈴木主任は大げさに顔の前で手を合わせ、まるで神様みたいに私を拝むと、小走りで自分のデスクへと向かっていった。

あの頼りない背中も好きなんだよね……なんてしみじみ感じながら、ファイルを抱えて庶務課を出た。

就業時間中の今は誰も廊下を歩いておらず、足音が異様に響く。

四階にある資料室までは少しの距離だけど、資料が詰まったファイルは思っていた以上に重く、次第に腕が痛くなってきた。

「あと少し……」

エレベーターに乗ってしまえばこっちのもの。エレベーターを降りてすぐ横に資料室があるから。だからあと少しの辛抱なんだけど、そのわずかな時間がつらい。

ダメだ、一度休憩《きゅうけい》しよう。

そう思い、ファイルの束を床に置こうとした時、横から声が聞こえてきた。

「どこまで持っていくの？」

「え？　あっ」

ひょいとファイルの束が奪われていくのを、目で追ってしまう。

真っ先に視界に飛び込んできたのは、腕まくりをして露《あら》わになっている、血管が浮き出たたくましい腕。

視線を上げると、目が点になってしまった。

軽々とファイルを手にしていたのは、例の〝恭様〟だったのだから。

まさかこの場に彼が現れ、助けてくれるとは夢にも思わず、固まってしまう。

すると恭様こと、神さんは口の端を上げた。

「見つめるのはかまわないけど、これを片づけてからのほうが嬉しいかな。確か四階だっけ？　資料室があるのは」

ゆっくりと歩きだした神さんにハッと我に返り、あとを追いかけた。

「すみません、手伝わせてしまって」

御曹司様にこんな雑用を手伝わせるのは忍びないけれど、正直助かった。ここは素直に甘えて、四階まで運んでもらおう。

足が長い神さんと歩けば、あっという間にエレベーターホールに辿り着いてしまった。すぐに呼び出しボタンを押し、待つこと数秒。その間、なぜか横から視線を感じて痛い。

恐る恐る顔を横に向ければ、目が合った途端、神さんは誰もが惚《ほ》れ惚《ぼ》れしてしまうほどのスマイルを浮かべた。

何か裏がありそうな笑顔にゾクリとしたところで、ちょうどエレベーターが来て、先に乗り込んだ。

神さんもすぐに続いたわけだけど、なぜかボタンを塞ぐように立ちはだかる。

えっと……何これ。反応に困っている間にドアは閉まったものの、階数ボタンを押さないことには動きださない。

その間も神さんは、私に視線を向けたまま。

「あの……?」

状況に耐え切れなくなり、声を絞り出すと、『待っていました』と言わんばかりに神さんは口を開いた。

「小野寺さんだよね？　総務部庶務課の」

「え、あっ、はい。そうですが……」

名前と所属先を言い当てられて咄嗟《とっさ》に頷《うなず》くと、神さんは私との距離を縮め、顔を近づけてきた。

彼の顔が突然迫ってきて、後ろにのけ反ってしまう。

その様子を見て、彼は愉快そうに頬を緩めた。

「初めて間近で見たけど、噂通り可愛いね」

「……はい？」

軽いナンパ口調に、顔が引きつっていく。

よくよく見れば、先輩たちの噂通り、彼の右頬にはまるで猫に引っかかれたような傷がうっすら浮かんでいる。

それが目に入ると、次第に冷静さを取り戻していった。

あぁ、そっか。この人はこういう人なんだ。噂通りの遊び人ってわけだ。きっと女性なら皆、自分の誘いに乗ると、信じて疑わないんだろうな。御曹司はもちろん、こういう軽いノリの人も苦手なんだよね。

私が顔を引きしめてジロリとひと睨《にら》みを利かせると、神さんは面食《く》らったように目をパチクリさせた。

「手伝ってくださったのには感謝しますが、すみません、よけていただけませんか？　急いでおりますので」

ニッコリ微笑《ほほえ》みながら言うと、神さんは唖然《あぜん》としたまま瞬《まばた》きを繰り返すだけ。

女子なら誰もが、自分になびくと思わないでほしい。

無理やり彼の身体を押しのけて階数ボタンを押すと、エレベーターが動きだし、すぐに四階に着いた。

ドアが開いたものの、私の態度が予想外だったのか、神さんは降りようとしない。

これ以上、神さんに関わって目撃された挙句、変な噂を立てられたら困るし、ここはさっさと立ち去ろう。

「すみません、お忙しいところ手伝ってくださり、本当にありがとうございました」

話しながら、神さんの腕の中にあるファイルを奪い取って一礼すると、エレベーターのドアがゆっくりと閉まっていく。

ここでやっと我に返ったのか、神さんは取り乱した。

「ちょっと待って！　俺が誰だかっ――」

残念なことに、ほかの階から呼び出されたのか、エレベーターのドアは彼が話し終える前に閉じられた。

「『俺が誰だか、わかっているのか？』……ってところかな？」

一気に疲労感に襲われ、盛大に息を吐いてしまう。

普段は噂を鵜呑《うの》みにして人を判断することはないけれど、彼の場合はまさに噂通りの人のようだ。今まで百戦錬磨《れんま》だったんだろうな。

そんなことを考えながら、資料室に入ってファイルを戻していく。

それにしてもびっくりした。一度も話したことがないのに、私の配属先と名前を知っているなんて。

きっと今頃、『なんだ、あの女は！』と思っているだろう。彼のプライドを間違いなく傷つけてしまったはず。もう二度と話しかけてくることはないよね。

最後の一冊を棚に戻し、オフィスに戻ろうと踵《きびす》を返した時、資料室のドアが勢いよく開かれた。

身体が固まってしまう。だってそこに立っていたのは、神さんだったのだから。

「え……どう、して」

想定外の出来事に、声が漏《も》れてしまう。

立ち尽くす私をよそに、彼はスーツの襟を直し、笑顔を向けてきた。

「先ほどは失礼。名乗りもせずに声をかけたりして。名乗らなくても、知られているとばかり思っていたから」

「はい？」

ちょっと待って。もしかして神さんってば、私が彼のことを知らないと思って、わざわざ自己紹介するために戻ってきたの？

まさかの予感はズバリ的中していたようで、彼はわざとらしく咳払いすると、スーツの内ポケットから名刺入れを出し、そこから一枚抜き取って私に差し出してきた。

「申し遅れました。一ヵ月ほど前からこちらの営業所でお世話になっている、神　恭介といいます」

「えっと……はい」

一応、名刺を受け取るものの、コメントに困る。

この会社に勤めていて、神さんのことを知らないわけがないじゃない。

「今は、営業部でノウハウを学んでいるところなんだ」

「……はい」

もちろん知っております。

曖昧《あいまい》な返事をする私に、神さんは不思議そうに首を傾《かし》げた。

「あれ……？　もしかして名乗るまでもなく、俺のこと知ってた？」

名刺を受け取っておきながら、こんなことは非常に言いづらいけれど、事実なのだから仕方ない。

歯切れ悪く返事しながら頷くと、神さんは鳩が豆鉄砲を食らったような顔になった。

「え……嘘だろ？　俺のこと、知っていてスルーしたのか？」

自惚《うぬぼ》れ百パーセント発言に、頬が引きつる。

呆れてしまう。どれだけ自信があるのだろう。自分に声をかけてもらえたら、女性社員は皆喜ぶとでも思っているの？

彼はいまだに『信じられない』と言いたそうに、まじまじと私を見下ろしている。

私は相手をするのも面倒臭くなり、一度深呼吸をしてからキッパリ言い切った。

「神さんのことは、存じ上げております。けれど、ごめんなさい。ほかの女性社員はどうか知りませんが、残念ながら私はあなたにこれっぽっちも興味はありません。なので今後一切、こういう風に声をかけてくださらないよう、お願いします」

「……え？」

深々とお辞儀《じぎ》をし、ゆっくり頭を上げて様子を窺《うかが》うと、彼は私をガン見していた。

そんなに意外だった？　世の中、私と同じような子もたくさんいると思うんだけど。

喉元《のど》まで出かかった言葉を、どうにか呑み込む。これだけ言ったんだもの。きっと、もう声をかけてこないはず。だったら長居は無用だ。

「仕事に戻りますので、失礼します」

相手は次期社長。もう一度丁寧に一礼し、呆然《ぼうぜん》と立ち尽くす彼の横を通り過ぎる。

よほどショックだったのか、神さんが追ってくることはなかった。

「遅くなっちゃった」

慌ててエレベーターに乗り込み、オフィスへと急ぐ。戻る途中に思い出してしまうのは、神さんの驚いた顔。

「今までよっぽど、モテモテの人生を歩んできたんだろうなぁ……」

大きく息を吐き、気持ちを入れ替えてオフィスへと戻っていった。

信じられません

まさかの事態は、神さんに初めて声をかけられた翌日に起きた。

「小野寺さん、ごめん。三階の廊下で、蛍光灯が三ヵ所も切れちゃっているみたいで。申し訳ないんだけど、交換してきてもらってもいいかな？」

書類の整理をしていると、急にバタバタと駆け寄ってきたのは鈴木主任。相変わらずぴょんと跳ねている髪を大きく揺らし、オーバーに頭を下げてきた。

「本当は俺が行きたいところなんだけど、例のごとく仕事に追われていて……」

申し訳なさそうに頭を下げ、今にも泣きだしてしまいそうな彼に、私は今日もキュンとさせられてしまう。

「もちろん喜んでやりますよ。なので、顔を上げてください」

「小野寺さんっ……！」

まるで女神を崇《あが》めるかのような彼の目は、キラキラ光線が出ているんじゃないかってくらい輝いていて、やっぱり視線を逸らしてしまう。

この目……私にとって破壊力抜群で困りもの。

「えっと……それでは行ってきます」

逃げるように席を立つと、再度オーバーに「ありがとうっ！」と頭を下げる鈴木主任に送り出され、庶務課をあとにした。


「ここで最後、と」

脚立に乗り、切れていた蛍光灯の最後の一本を交換していく。

制服がない我が社。それなりに服装には悩むところだけど、私は仕事しやすい格好が一番だと思っている。

今日の私はチノパンをはいている。ほかの女性社員は全員スカートだったから、鈴木主任は真っ先に私のもとに駆け寄ってきたのだろう。

最後の蛍光灯を交換し終えた時、静かな廊下にコツ、コツと響く革靴の音が聞こえてきた。

そちらを何げなく見た瞬間、思わず「げっ」と心の声が漏れてしまった。

素直な感情は声だけではなく、顔にも出てしまったというのに、こちらに近づいてくる人物は決して笑顔を崩さなかった。

「お疲れさま」

脚立のもとまで来ると、神さんは爽やかに労《ねぎら》いの声をかけてくれたけれど、私の顔は引きつったまま。

え……どうして普通に声をかけてこられるの？　昨日私、散々失礼なことを言ったよね？

意外すぎて、脚立に乗ったまま唖然とするばかり。

「交換し終わった蛍光灯、持っていようか？」

「……え、キャッ⁉」

声をかけられた瞬間、足を踏み外してしまい、身体は大きくバランスを崩していく。

「っ危ないっ‼」

慌てて手にしていた蛍光灯を離して踏ん張ろうとしたものの、努力の甲斐虚《かいむな》しく身体が前方に落ちていく。

このあと襲ってくるであろう痛みを覚悟し、瞼《まぶた》をギュッと閉じたけれど、私を受け止めたのは冷たい床ではなく、温かで力強い感触。

ガシャンと手から離れた蛍光灯の落ちる音と、安心したように漏れた吐息交じりの声が耳に響く。

「ッセーフ……」

彼は広い胸と大きな腕で、私の身体を立ったまま受け止めていた。

背中に回されていた腕に力が入った瞬間、神さんの吐息と温もりを感じてしまい、しばし放心状態だった私の脳は、すぐにフル回転し始めた。

「すっ、すみませんでしたっ！　大丈夫ですか⁉」

申し訳ない気持ちと同時に芽生えたのは、胸の高鳴り。咄嗟に離れようとするも、『離さない』と言わんばかりに、さらにきつく抱きしめられて動揺を隠せない。

「じっ、神さん……？」

慣れないことに、胸がトクンと鳴ってしまい、声が裏返る。

なのに、神さんは一向に離してくれる気配がない。

なっ、なんなの一体⁉　もしや昨日の復讐⁉　パニック状態の私を見て、『ざまーみろ』とか思ってたりする？　早く離してくれないと、誰かに見られちゃうじゃない！

必死に考えを巡らせていると、神さんは思いもよらぬ言葉を漏らした。

「あー……ずっとこのままでいたい」

とんでもないセリフに耳を疑ってしまう。

何かの聞き間違いですよね？

徐々に腕の力が弱められていき、私は彼の胸板に手をついてようやく顔を上げる。するると目に飛び込んできたのは、とろけそうなほど甘い瞳で私に微笑みかける彼の顔。背中に触れていた彼の手は私の後頭部にゆっくりと移動し、優しく髪を撫《な》でる。

あ、れ……何これ？　どうしちゃったんだろう、私。……呼吸がうまくできない。

胸が苦しくて、彼の眼差《まなざ》しから逃れるように視線を逸らし、ようやく息を漏らした。

けれど、抱きしめられている状況に変わりない。こんなところを社内の人間に、特に噂好きな女性社員に見られたら、何を言われるか……！

ちょっと想像しただけでゾッとしてしまい、必死に身体をバタつかせて抵抗すると、頭上からクスクスと笑い声が聞こえてきた。

「それで抵抗してるつもり？　ますます可愛くてツボなんだけど」

まるでぬいぐるみを抱きしめるかのように両腕でギュッとされてしまい、身動きが取れなくなってしまう。

「離していただけませんか？　それにこんなところを誰かに見られて困るのは、神さんですよね？」

次期社長という立場で研修中の身である神さんが、勤務中に一社員の私と抱き合っていた、なんて噂で流れたら困るでしょ？

「それもそうだな」

神さんの声に、ホッと胸を撫で下ろした。

彼は「ごめんね、悪ノリしすぎたね」と小さく呟くと、やっと私を解放してくれた。

乱された胸の鼓動《こどう》を落ち着かせるように顔を伏《ふ》せ、胸元に手を当てる。

「これ、それぞれ一階の資材室とゴミ置場に片づければいいんだよね？」

その声に顔を上げれば、神さんはあろうことか、脚立を閉じて手に持ち、落ちた蛍光灯を拾い上げていた。

その姿に、ギョッとしてしまう。

「じっ、神さんそんなっ！　私が持ちますからっ」

次期社長である神さんに、庶務課の雑用なんてさせるわけにはいかない。

「いいから」

「これは私の仕事ですから」

この前は資料を運ぶのを手伝ってもらってしまったけれど、脚立と蛍光灯はさすがに気が引ける。

すると神さんは、引き下がらない私にしびれを切らしたように、大きく息を吐いた。

「あのさ、ここは察してくれないかな？」

「え？」

察するって何を？

キョトンとすると、神さんは苦笑いした。

「気になる子の前では、いい格好をしたいっていう男心に」

『気になる子の前では』って……え、嘘でしょ？

面食らう私に、神さんは顔を近づけてきた。

「昨日のアレ、キミ的には俺を牽制《けんせい》したつもりかもしれないけど、逆だから。……久し振りにグッときた」

「グッ、グッときたって……」

照れ臭そうに少しだけ視線を逸らす彼に顔が引きつり、一歩後退《あとずさ》りしてしまう。

どういうこと？　私、昨日散々ひどいことを言ったのに。

すると神さんは、眩《まぶ》しい笑顔で宣言した。

「新鮮だったんだ、キミの態度が。興味が湧いた。これから本気でいくからよろしく」

『よろしく』って、昨日の仕返しにからかっているだけじゃないの？

放心状態の私に、神さんはニンマリ微笑むと、「これは戻しておくから」と言って、颯爽《さっそう》と去っていく。

神さんの姿が見えなくなっても、私は動けずにいた。

「……信じられない」

どう考えても、からかわれているだけとしか思えない。そうだよ、神さんが私に興味を持つとか、そんなことあり得るわけないじゃない。

そう自分に言い聞かせ、動揺してしまった自分を恨めしく思いながら庶務課へと戻っていった。

午後の業務が始まって二時間。先ほどの失態を忘れたい一心で作業していたせいか、いつもより早く終えることができた。

データをプリントアウトした私は、連なったデスクで仕事をしている私たちとは違い、窓際奥にぽつんとあるデスクで作業している鈴木主任のほうへと向かった。

相変わらず彼のデスクは書類などで散らかっていて、何やら慌てふためいている。

「鈴木主任、頼まれていた在庫報告書の作成が終わりました」

手渡すと、鈴木主任は動きを止め、私を見上げて目をパチクリさせた。

「え……嘘、もう終わったの？」

「はい」

ファイルを受け取った彼は目を瞬《またた》かせ、感心したように深く息を吐いた。

「はー、本当に小野寺さんは仕事が速いなぁ。いつも思ってるんだけどさ、主任は俺より小野寺さんに任せたほうが、仕事の効率が上がる気がするよ」

無邪気に笑う彼にキュンとしてしまうも、慌てて首を振った。

「何言っているんですか。私なんてまだ仕事を覚えたての新人ですから」

「えー、そんなことないと思うよ。いつも真面目に取り組んでいて吸収早いし、ミスも少ないし。俺なんかよりよっぽど適任」

相変わらず苦笑いする姿に、胸が締めつけられていく。

鈴木主任のこの頼りない笑顔、ツボなんだよね。目尻に皺《しわ》をたくさん作っちゃって、優しさが滲《にじ》み出ていて、何度見ても胸をときめかされてしまう。

「それに今日もごめんね。男がやるべき雑用を押しつけちゃって」

顔の前で両手を合わせて謝罪してきた彼に、すぐに手を振った。

「そんな！　蛍光灯の交換なんて、男女関係ないじゃないですか。謝らないでください！」

ハッキリ告げると、鈴木主任は面食らったように目を見開くも、いつものように細い目をさらに細めて微笑んだ。

「俺、小野寺さんのそういうところ、好きだな」

あまりにナチュラルに放たれた言葉に、声を失ってしまう。

するとそんな私を見た鈴木主任は、なぜか急にオロオロし始めた。

「あぁっ。ごっ、ごめんっ！　これって立派なセクハラ発言だよね⁉　でも決してやましい気持ちがあるわけじゃなくて、純粋な気持ちというか本音というか……いや、本音だったらますますセクハラだ」

自分にツッコミを入れる鈴木主任。

「もー、慌てすぎです。大丈夫です。私はセクハラだと思ってませんから。なので落ち着いてください」

笑いをこらえながら言うと、鈴木主任はホッとして肩の力を抜いた。

あぁ、もう。どうして鈴木主任は、こうやってますます好きにさせるようなことをしちゃうのかな？　鈴木主任のことを忘れなきゃいけないのに、できなくなっちゃうじゃない。

「それでは報告書のチェック、お願いします」

いつまでも大好きな笑顔を眺めていたら、気持ちが顔に出てしまいそうだ。

そそくさと退散しようとした時、「ちょっと待って」と呼び止められてしまった。

「あのさ、いつものお礼がしたいんだけど、今日は暇かな？」

「お礼……ですか？」

まさかのお誘いに、目が点になってしまう。

え、ふたりきりで？　婚約者の彼女がいるのにいいのかな。

戸惑《とまど》う私に、鈴木主任は照れ臭そうに頭をかいた。

「ほら、俺、いつも小野寺さんに迷惑かけてばかりでしょ？　だから、たまには上司らしくご飯くらい奢《おご》りたいなって思って」

そうだよね、上司として……だよね。それに、皆がいる前で堂々と誘うくらいだもの。本当に、お礼以外の理由はないんだと思う。

妙に納得してしまっていると、何も言わない私に勘違《かんちが》いしたのか、また鈴木主任は慌てだした。

「めっ、迷惑だった⁉　俺とふたりで食事になんて行きたくないよね。ごめんっ」

自己嫌悪に陥った彼に、ハッと我に返る。

「いいえ、そんなっ！　いいんでしょうか？……奢っていただいてしまっても」

恐る恐る問いかけると、鈴木主任は途端に表情を綻《ほころ》ばせた。

「もちろん、いいに決まってるよ！　それくらいしか上司らしいことできないし、ぜひともごちそうさせて‼」

拳《こぶし》を握りしめて力説する彼を見て、思わず噴き出してしまう。

「アハハッ！　もうなんですか、それ」

今が勤務中でここがオフィスということも忘れ、大声で笑ってしまった。

年上の彼に向かって失礼だとわかってはいるけれど、なんて可愛い人だろうと思わずにはいられない。

「ちょっと小野寺さんってば、笑いすぎ」

こうやってちょっぴり頬を膨らませてむくれるところも、好きだなって感じてしまうのだから重症だ。

「すみません、つい」

けれど、彼は本気で怒ってなどいない。いつものようにバツが悪そうに笑いだしたのだから。

「おいおい、いい話しているじゃないか」

「わっ‼　課長⁉」

勢いよく駆け寄ってきて、鈴木主任の肩にがっしり腕を回してきたのは、課長だ。

「俺も普段から鈴木には迷惑をかけられているぞ。……いや、俺だけじゃない。ほかにもたくさんいる」

チラッと課長がオフィスを見回せば、『待ってました』と言わんばかりに、皆次々と挙手し始めた。

「この前、ミスした鈴木主任の尻拭《ぬぐ》いをしました」

「俺も」

「提出したはずの書類、なくされたな」

「鈴木主任が忘れていた仕事、俺代わりにやったんですよね」

「え、えぇっ⁉」

悲鳴をあげる鈴木主任。皆明らかに鈴木主任の反応を見て面白がっているだけなのに、彼には思い当たる節がありすぎるのか顔面蒼白になっている。

これじゃいつものごとく、皆の思うツボだってどうして気づかないのかな。呆れつつも、『そこがまたいい！』なんて思っちゃうけど。

そうこうしているうちに、課長が悪魔のひと言を囁《ささや》いた。

「安心しろ。ここは課長として折半してやるから。だから皆で飲みに行こう」

「課長……‼」

そして、まんまと乗せられてしまう。

せっかく鈴木主任とふたりきりで過ごせると思ったのに、課長ってば、なんて余計なことを言ってくれたのだろうか。

入社し、庶務課に配属されて間もないけれど、なんとなく庶務課のノリというものがわかりつつある。皆飲むのが大好きで残業が少ない部署ということもあって、しょっちゅう飲み会を開いている。

けれど皆悪ノリしすぎちゃうというか……。鈴木主任の人柄なのかもしれないけれど、彼は何かにつけて皆にイジられちゃうんだよね。

でもアットホームな庶務課の中心には、間違いなく鈴木主任がいると思う。

「よし、そうと決まれば、さっさと仕事を終わらせるぞ」

「はーい」

「ちゃっちゃとやっちゃいまーす」

皆口々に言うと、仕事に取りかかった。

「俺も終わりにしないと」

上機嫌で自分のデスクに戻っていく課長の背中を、思わず睨む。

皆で飲みに行くのは嫌いじゃない。先輩たちと打ち解ける機会にもなるし、普段話せない話もできたりするし。……けれど今日ばかりは、せっかくのチャンスを台無しにしてくれた課長を恨んでしまうよ。

もうこうなってしまったら、しょうがない。鈴木主任も行くことに変わりはないし、私も早く残りの仕事を終わりにしてしまおう。

そう思い、席に戻ろうとした時、そっと腕をつかまれた。

相手はいつの間にか立ち上がっていた鈴木主任で、コソッと耳打ちするように顔を近づけてきた。

急に縮まった距離にひとりテンパるも、通常運転の鈴木主任は私の鼓膜を刺激するように、吐息交じりに囁いた。

「ごめんね、なんか。……今度はこっそり誘うから」

「……はっ、はい」

ダメだ、これ。完全に骨抜き状態だ。せめてもの救いは、皆仕事に集中していて私たちのやり取りに気づいていないってこと。

「約束ね」

私が頷くと、鈴木主任は満足そうに微笑んだ。

鈴木主任はとんだ小悪魔男子だと思う。自分は異性として見られていないとでも思っているのかな？　だから、こんなことを平気でできるのだろうか。

自席に戻って椅子に腰かけた瞬間、緊張が解けて大きく息を吐いてしまう。

パソコン越しに鈴木主任をチラッと見ると、彼はまたてんやわんやになりながら、散らかりっぱなしのデスクで何かを探していた。

こっちはこんなに動揺させられたっていうのに、彼はいつもと変わらない。

私は完全に恋愛対象外なんだろうな。婚約者である彼女のことしか見えていないんだ。そう思うと虚しくなる。私は本気で鈴木主任のことが好きなのに、この気持ちはこれっぽっちも届いていないのだから。

ふと〝本気〟というワードで、思い出してしまうのは神さんのこと。

『本気でいくから』なんて言っていたけれど、私が鈴木主任を想う気持ちとは、比べ物にならないでしょ？　きっと。

本気なら心の中で想っているだけで精一杯で、相手には何ひとつ伝えられない。好きってそういうことでしょ？　簡単に〝本気〟って言葉を使わないでほしい。

小さく息を漏らし、残りの仕事に取りかかった。


「よーし、皆揃《そろ》ったな。じゃあ、さっさと行くぞ」

終業時間の十七時を迎えると、庶務課の皆はオフィスをあとにしていく。

集団後方を歩いていると、前のほうから「どこの店に行こうか」とか「二次会までやろう」なんて声が聞こえてくる。

営業所にはエレベーターは一機しかないので、皆でゾロゾロと階段を下り、一階へと向かっていく。

「皆で飲みに行くのは楽しいよね」

階段を下りている途中に声をかけてきてくれたのは、鈴木主任だった。

「あっ、はい」

「まぁ、一番年下の小野寺さんにとっては、迷惑な飲み会かもしれないけど」

「そんなことないですよ。毎回楽しませていただいています」

こんな風に気遣ってくれる鈴木主任がいるから、余計に。

心の中でつけ足していると、一階に着き、エントランスを進んで玄関へと向かう。

「さっきも言ったけど、今度はふたりで行こうね。俺が一番お世話になっているのは、小野寺さんだから」

はにかみながら言った彼のセリフに、思わず足が止まってしまう。

「小野寺さん？」

鈴木主任はそんな私に気づき、立ち止まって首を傾げている。

わかっている。深い意味はないって。だからこそストレートに言えるんだって。そう思うとつらい。……私の気持ち、これっぽっちも気づかれていないことが。

いっそのこと、言ってしまおうか。『鈴木主任のことが好きなので、そういうことを言うの、やめていただけませんか？』って。

頭をよぎった言葉が喉元まで出かかった瞬間、鈴木主任は私の後ろに視線を移し、目を丸くした。

「お疲れさまです」

背後から聞こえてきた声に、身体が反応してしまう。

振り返ると、いつの間にか神さんがすぐそばに立っていた。

「え、神さん……？」

前を歩いていた庶務課の皆も彼に気づき、女性社員から黄色い歓声があがりだした。

皆が我が社の御曹司様に注目する中、彼は動じる様子もなく、とんでもないことを宣言した。

「この子、俺が今夢中になっているところだから、庶務課の皆さん、くれぐれも手を出さないようにしてくださいね」

「なっ……！」

にを言って……!!

直後、女性社員の悲鳴にも似た叫び声が響いたのは、言うまでもない。

それなのに神さんは満足そうに、ニッコリ微笑んじゃっている。

そして呆気に取られている私に気づくと、ますます頬を緩ませた。

「本気だって言っただろ？　ほかの誰かに取られるわけにいかないからな。牽制《けんせい》しておかないと」

けっ、『牽制』って……。唖然としてしまう中、今の状況にハッとする。

同僚たちに見られ、聞かれてしまったということ。先輩たちが神さんを狙っているのは、重々承知している。何より大問題なのは……。

チラッと鈴木主任を見れば、なぜか顔を真っ赤にして庶務課の先輩たちと「すごいね、小野寺さん」なんて興奮ぎみに言いながら騒いじゃっている。

どうやら、誤解されてしまったようだ。

違うのに。私が好きなのは、こんな御曹司じゃなくて鈴木主任なのに……！

神さんの信じがたい言動に、しばしの間立ち尽くしてしまっていた。

鈴木主任にこっそり想いを寄せながら、庶務課でせっせと仕事をこなし、職場の先輩たちとの関係も良好。そんな今があるのは、それなりに波乱万丈な日々を送ってきたからなのに、どうして神様は私にばかり不幸な道を与え続けるのだろうか。

私が何をしたっていうの？　人の道を外れることや、誰かを傷つけるようなことなんてしていないのに。むしろ幸運なことがあってもいいのに、この仕打ちは何？

「ほら、あの人でしょ？　恭様に……」

「うらやましい～」

「でも、あの恭様だよ？　本気なわけがないでしょ」

いつものように始業時間の八時に間に合うように出勤するや否や、女性社員たちは私を見てヒソヒソと話し始める。しっかり本人に聞かれていると知りながらも、やめようとしないから困りものだ。

神さんが大勢の社員の前で、とんでもない発言をしてくれた日から二日が過ぎた。

噂はまたたく間に営業所中に知れ渡ってしまい、私は今や、ちょっとした有名人だ。

あの日行われた庶務課の飲み会での主役は、当然私だった。終始ずっと質問攻め。せめてもの救いは、先輩たちに目の敵にされていないことだ。

さぞかし恐ろしい日々が始まるだろうと思っていたけれど、先輩たちからはびっくりする言葉をかけられた。

『小野寺さん、ぜひ玉の輿狙ってね！　協力するから』

『結婚式の際は、もちろん呼んでよね』

あとでほかの先輩から聞いたところ、神さんと接触しようと躍起になっていた先輩たちの目論見はなかなかうまくいかず、これを機会に彼のことは諦めたらしい。そして、結婚式に来るであろう彼のセレブな友達を狙うことにしたそうだ。おかげで神さんとの恋愛が成就するよう、この二日間で散々、恋愛の極意というものを伝授され続けている。

イジメられるより遥かにいいことだけど、困り果てている。先輩たちの期待に添うことは到底できないのだから。

「おはようございます」

たくさんの注目を浴びながら庶務課のドアを開けると、すでに出勤していた先輩たちから次々と挨拶《あいさつ》が返ってくる。

いつもの光景のように見えるけど、皆が私に向ける目は確実に変わってしまっている。それは鈴木主任も同じ。

「あっ、おはよう、小野寺さん」

先に出勤していた鈴木主任は、散らかしっぱなしのデスクから今日もまた何かを探しているところだった。私の姿を見ると、いつものように声をかけてくれたわけだけど……その目は何か言いたそうだ。

自分のデスクにバッグを置き、パソコンを起動させている間も、その視線をビシビシ感じてしまう。

「あの……鈴木主任、何かご用ですか？」

あまりの居心地の悪さにこちらから声をかけると、彼はわかりやすく身体をギクリと反応させた。

「あっ！　いや、その……」

そして女の子のように、もじもじし始める。

「あの……？」

しびれを切らして再度声をかけると、鈴木主任は小走りで私のデスクへと駆け寄ってきた。

「ごめん‼　来月の会議室利用予定表を作るの、すっかり忘れてて。……お願いしてもいいかな⁉」

オーバーリアクションで懇願され、目を瞬かせてしまう。

「えっと……もちろんやりますよ？」

失礼ながら、鈴木主任が忘れたりミスすることは日常茶飯事《さはんじ》。その皺寄せがきちゃうことくらい、今さらなんとも思わない。

不思議に感じて鈴木主任を見つめていると、彼は恐る恐る聞いてきた。

「本当に大丈夫……？　小野寺さん、いろいろと忙しいのに仕事頼んじゃったら、迷惑かなと思って」

「忙しいって、どうして……」

その先の言葉が続かなかった。鈴木主任が何を考えているのか、容易に想像できてしまったから。

それを感じ取ったのか、鈴木主任は慌てだした。

「ほら、これ結構面倒だし、お昼休み誰かと約束とかしてたら、悪いなと思って」

彼がこう話すのには理由がある。昨日の昼休み、私が外に食事をしに行っている間に神さんが庶務課を訪れたからだ。

一昨日《おととい》は外回りで誘えなかったため、急いで来たらしいけど、私がすでにオフィスを出たあとだった。

その対応をしたのが鈴木主任だったのだから、こういう気遣いは当然なのかもしれないけど……嬉しくない。

「そんなことありません！　仕事は仕事じゃないですか」

口調が荒々しくなってしまう。いつも通り接しなくちゃいけないとわかっているのに、気持ちがついていてくれなかった。

「そう、だよね、ごめんね。……じゃあ、よろしくお願いします」

「あっ……！」

時すでに遅し。我に返った頃には鈴木主任は力なく笑い、背中を丸めてトボトボと自分のデスクへと向かっていた。

あぁ、もう。何やっているのかな、自分‼　鈴木主任は気を利かせてくれたのに、責めるように言ってしまった。自分が悪いってわかっているけれど、どうしても思ってしまう。全部、神さんのせいだって。

彼は多忙で有名な営業部にいて、この二日間、彼とは顔を合わせていない。御曹司様といえど、仕事は意外にも真面目に取り組んでいるらしい。

「あまり気は進まないけど、探りを入れてみようかな」

神さんの言動は、正直信じられない。私を気に入っているなんて、冗談としか思えないし、ただの気まぐれじゃないかと疑ってしまう。

始業の数分前、スマホを取り出し、営業部の同期にランチのお誘いメールを送ると、すぐに【待ってました！　ＯＫ】と返ってきた。

自分から誘っておきながらも、昼休みにとことん問いつめられると思うと、気が重くなる。

深いため息を漏らしつつ、始業のチャイムとともに仕事に取りかかった。

昼休みに入り、営業部の榊原亜紀《さかきばらあき》とやってきたのは、会社近くにあるオープンカフェ。この時間は、私たちと同じＯＬたちで満席だ。

亜紀はうらやましくなるほどの小顔に、ショートカットがよく似合っていて、サバサバした性格。人当たりもよく、まさに営業向け。

入社式でたまたま席が隣同士になったのをきっかけに話すようになり、研修期間中も何かと一緒に過ごしていた。おまけに同じ関東営業所勤務となれば、友情が深まらないわけがない。私にとって彼女は気心が知れていて、なんでも話せる親友だ。

自他ともに認める肉食系女子の彼女は、『狙った獲物は逃がさない』と言わんばかりに、今の彼氏にガンガンアタックし、見事ゲット。付き合い始めて半年が経つ今、早くも『同棲《どうせい》しようか？』なんて話になっているとか。

そんな彼女からしたら、婚約者がいる人に想いを寄せる私の恋愛事情には、煮え切らないものがあるのだろう。いつもズケズケと痛いところばかりを突《つ》いてくる。

私のためを思って叱咤《しった》してくれているとわかっているし、親友として大好きな存在だけど、そんなわけで恋愛話はちょっとしづらい。

日替わりランチを頼み、食前にお願いした紅茶を口に含むと、嫌でも感じる視線。

ゴクリと紅茶を飲み込んで顔を上げると、亜紀はニッコリ笑っていた。

「いや〜待ってたよ、美月。あんたから連絡が来る日を、今か今かと」

「それはどうも」

すでに私と神さんの噂を聞いているであろう亜紀は、何か言いたそうにウズウズしながら、私に目を向けてくる。

ちょうど、注文した日替わりランチが運ばれてきた。サラダやパスタ、エビフライ、パンなどが少量ずつあり、全体のボリュームは結構ある。

早速サラダをいただきながら、自分から彼女に切り出した。

「私に聞きたいことがあるんでしょ?」

するると亜紀は目を輝かせ、堰《せき》を切ったように質問してきた。

「それはもちろん! 部署が違うのに、いつの間に恭様と知り合って、どういう経緯で気に入られちゃったわけ? ちょっと会わない間に、何があったの!?」

詰め寄ってきた亜紀にのけ反りながらも、事の経緯を話していった。

最初はわくわくしながら聞いていた亜紀だけれど、神さんに言ってしまった言葉を伝えると、彼女は目を丸くさせた。

「はぁ? それ本気で言ったわけ? 次期社長である、あの恭様に!?」

「……うん」

まじまじと見つめられて居心地が悪くなり、その視線から逃れるようにパンを頬張った。

「あ~信じられない! あんたさ、断るにしてももう少しうまく言って、マイルドにかわしなさいよ。恭様が短気で偏屈な人だったらどうするの!? もしかしたら左遷、いや、解雇されてたかもしれないのよ」

頭を抱え込む亜紀の言っていることが、どこか他人事《ひとごと》のように聞こえてしまう。

「まぁ、その時はその時じゃない? もしそうなったら、それはそれで清々するかも。

結局、それだけの器でしかない次期トップのもとで働くなんて、嫌だし」

ブツブツと文句を言うように呟けば呟くほど、亜紀の口は大きく開くばかり。

「あんたの神経が計り知れないわ。……だけどまぁ、恭様に好かれて、冴《さ》えない眼鏡に恋していた無駄な時間が一気に取り戻せたじゃん」

「ちょっと、冴えない眼鏡って何よ」

亜紀は鈴木主任のことを『冴えない眼鏡』と呼んでいて、失礼にもほどがある。

すかさずツッコむものの、亜紀は平然としたまま話を続けた。

「だって本当のことじゃない。私はいつも言ってるでしょ？　あ～んな頼りなくて、おまけに婚約者までいる男に恋するなんて、時間の無駄だって」

亜紀は会うといつもこの話をしてくる。もう耳にタコができそうだ。

「無駄じゃないから」

そのたびに、私もまた同じ言葉を繰り返す。

「冗談抜きでいい機会じゃない、冴えない眼鏡から卒業する。この二日間、恭様を間近で見てきたけど、美月のこと本気っぽいし」

「……まさか」

ちょっぴり〝本気〟というワードにドキッとしつつも、平静を装ってパスタを口に運んでいく。

「嘘じゃないって。今まではしょっちゅう営業部やほかの部署の女の子に声かけてたのに、ここ最近はまるで別人みたいに仕事に没頭しちゃってるよ。まぁ、仕事は以前から真面目にやってたけど、今の恭様からは鬼気迫るものがあるわ」

口に含んでいた物をゴクリと飲み込み、フォークにパスタを巻いている亜紀をガン見してしまう。

「おかげで営業部内はあんたの噂で持ち切り。『我が営業所から、シンデレフストーリーが生まれるか⁉』って」

ふざけて言う亜紀に、すかさずツッコむ。

「何よ、そのゴシップ記事みたいなノリは」

「本当のことじゃない。御曹司からのまさかの求愛よ？　現代版シンデレラじゃない」

「嬉しくないし、なりたくもないから」

ぶっきらぼうに吐き捨て、黙々とパスタを口に運んでいく。

そんな私を見て、亜紀は呆れたように深く息を吐いた。

「本当に美月はもう……。でも私はわかってるわよ。そんなこと言いながら、本当は恭様が気になってるんでしょ？　だから私をランチに誘って、彼が本気なのかどうか様子を聞き出そうとしたんでしょ？」

食べ進める手が止まってしまう。

チラリと亜紀を見れば、自信に満ち溢《あふ》れた目で私を眺めている。

亜紀はいつの間にか、ずっと前から一緒にいたかのように、私のことを知り尽くしていて、最近は彼女に嘘をつき通せなくなっている。

私は『観念しました』と言うようにフォークを紙ナプキンの上に置き、亜紀の目をまっすぐ見た。

「ちょっと様子を窺ってみようかなと思って……」

ジッと答えを待っていると、亜紀は私を見据《みす》えたまま自分の意見を述べた。

「恭様とは、まだ一ヵ月しか一緒に仕事していないけど、それでも人間性はつかめてきたよ。あの人、女性関係は激しくて根っからの遊び人だと思うけど、仕事に対しては人一倍努力してると思う。次期社長って重圧もあるんじゃないかな？　そんな中で慣れない仕事をよくやってると思うよ。それは営業部の皆も認めていると思う」

予想に反した話に、驚いてしまう。

そんな私を気にすることなく、亜紀は話を続ける。

「その恭様が女の子に一切目を向けず仕事に明け暮れて、終わればすぐに庶務課に向かう姿を見せられたら、誰だってあんたのこと、本気だって思うわよ」

亜紀はそう言うけれど、疑問ばかりが頭に浮かんでしまう。

だって私と神さんはまだ一、二回しか接していないし、私はすごく失礼な態度を取ったのに。しかも、モテモテの彼には、ほかにもっと綺麗《きれい》で性格のいい女性が周りにたくさんいるだろうに。どうして私に好意を寄せるのか、全くわからない。

御曹司となんて、関わりたくないのにな……。

でも観察力の鋭い亜紀に、そんな真面目な顔で断言されちゃったら、少しだけドギマギしてしまうよ。

複雑な思いが湧き起こり、徐々に冷めていくパスタを見つめることしかできない。

すると、亜紀が「あのさ」とためらいがちに声をかけてきた。顔を上げると、彼女はいつもよりワントーン高い声で話しだした。

「私が美月の立場だったら、あんな冴えない眼鏡はさっさと忘れて、ひと時の恋だとしても、恭様の愛を受け止めちゃうけどなぁ」

パスタをフォークで巻いて口に運ぶ亜紀の話に、頷くことなど到底できない。

「私の事情を全部知っている亜紀が、それを言っちゃうんだ？」

亜紀には私のトラウマのことも、すべて話している。

少しだけ鋭い眼差しを向ければ、彼女は眉を下げた。

「……知っているから言ってるのよ」

ひと呼吸置くと、亜紀は諭すように訴えかけてきた。

「御曹司が全員同じとは限らないんだよ？　もしかしたら恭様は、あんたが求める理想の暮らしを与えてくれるかもしれないじゃない？」

「冗談！　少ししか話したことないけど、あんな軽い遊び人が、理想の暮らしを与えてくれるとは思えない」

キッパリ言うものの、亜紀は怯《ひる》まず強気に攻めてくる。

「それ偏見だからね！　冴えない眼鏡だってあんたが過大評価しているだけで、本当は浮気しまくりの、金遣いが荒い最低男かもしれないじゃん」

「まさか！　鈴木主任に限って、そんなこと……っ」

「あるかもしれないでしょ？　……人間なんて皆、いくつもの顔を持っているものなんだから。あまり他人には見せない顔だってあるだろうし、深く付き合わないと、その人の本当の姿を知ることはできないんじゃないの？」

返す言葉が見つからない。亜紀の言葉はすべて正論で、頷かずにはいられないもの。

押し黙ると、亜紀は容赦《ようしゃ》なく言った。

「人を噂や表面だけで、判断しないことね」

亜紀の言葉が鋭い刃と化し、心にグサッと刺《さ》さった。

「ほら、ありがた〜いお灸《きゅう》を据えてあげたんだから、さっさと食べちゃいなさい。でないと昼休み終わっちゃうよ」

「無理、食欲失せた」

「あっそ。じゃあ、これもーらい！」

亜紀は私のプレートに残っていたエビフライをフォークで刺し、ひょいと口に運ぶ。

少し恨めしく思いながらも、正直ガツンときた。亜紀の言う通り、私は神さんのことを表面だけで判断していたから。

亜紀に相談をすると、こてんぱんに打ちのめされるばかりだけれど、いつも大事なことに気づかされる。

「……話、聞いてくれてありがとう」

ボソッとお礼を言うと、亜紀はニンマリと笑った。

「どういたしまして。ほら、早く食べちゃおう」

「うん」

亜紀に奪われて減ってしまったランチプレートの残りを、慌てて口に運んだ。

「あっ、小野寺さん、おかえりなさーい」

外から戻ると、庶務課の先輩方が、語尾に音符マークでもついていそうなほど上機嫌な声で迎えてくれた。

「おっ、お疲れさまです……」

若干引きぎみに挨拶を返すと、あっという間に先輩たちに囲まれてしまった。

『一体、何事⁉』と思ったものの、先輩たちが私を囲むような心当たりといえば、ただひとつしかない。

「恭様から伝言よー！　『小野寺さんのデスクにメモを残しておいたから、戻ってきたらちゃんと確認してほしい』ですって‼」

やはり予感的中。神さん関連のことだった。

「小野寺さんのおかげで、初めて恭様と話せちゃった！」

「間近で見られたね」

キャッキャッと騒ぐ姿は、まるでアイドルに遭遇した女子高生のようだ。

「ありがとうございました」

お礼を述べ、そそくさと自分のデスクへと戻っていく。

すると先輩たちが話していた通り、デスクの上にはふたつ折りにされた、見慣れないメモ紙があった。

先輩たちの視線を感じつつ、メモの内容にドキドキしながらそっと確認した瞬間、思わず「嘘でしょ？」と声を漏らしてしまった。

そこには、今日の待ち合わせ時間と場所が書かれていたのだから。

何これ、私の都合も聞かずに誘ってくるなんて。

メモ紙をデスクに置くが、ふと亜紀の言葉が頭をよぎる。

こんな自分勝手な誘いなんてお断りだけど……よく考えれば昨日も今日も昼休みにわざわざ忙しい中、訪ねてきてくれたんだよね。

そう思うと、もう一度メモ紙を手に取ってしまう自分がいた。

待ち合わせ場所は会社じゃなくて最寄り駅で、あまり人目につかないだろうし。庶務課の私には、残業してまでやる仕事なんてない。

正直困るけど、仕方ない……よね。それに、もう一度ハッキリ伝えないと。『あなたには興味ない』って。『こういうの、もうやめてください』って。

いまだに先輩たちの視線を感じながら、午後の仕事に取りかかった。

「早く着きすぎちゃったかな」

腕時計で時刻を確認すると、十八時過ぎ。

約束の時間は十八時半。仕事もないのに会社に残っているわけにはいかず、早めに待ち合わせ場所に来てしまったものの、神さんの姿は当然見当たらない。

亜紀はいつも仕事が終わらなくて、約束の時間通りに来たことがないから、同じ営業部の神さんも遅れてくるかもしれない。

それを覚悟し、空《あ》いていたベンチに腰かけた。

しばしボーッとしたまま、通り過ぎる人たちを眺めること数分。

「ごめん！」の言葉とともに、こちらに駆け寄ってくる人影を視界が捕らえる。

人をかき分けながらやってきたのは神さんで、ひどく慌てた様子に思わず立ち上がってしまった。

神さんは私の前にやってきて、大きく息を吸って呼吸を整えた。

「ごめん、待たせた？」

「あっ、いいえ。私が勝手に早く来てしまっただけなので、お気になさらず」

時刻は約束の十五分前。充分早いのに、神さんは心底申し訳なさそうにがっくり肩を落とした。

「そういう問題じゃないだろ？　こっちから誘っておいて待たせるとかあり得ねぇ」

落胆する彼の姿に、面食らってしまう。女遊びが激しい彼には、女性を待たせないというポリシーがあるのかもしれないけど……。

「あのっ……私は別に気にしてませんから。待たされたってなんとも思いませんし、仕事をしていれば早く来られなくて当然です。第一、神さん、十五分も前にちゃんと来てくれたじゃないですか」

当たり前のことを言っただけなのに、神さんはひどく驚き、私を穴が空きそうなくらいガン見してきた。

その姿に、今度はこっちが目をパチクリさせてしまう。

え、何？　そんなに驚くこと？

神さんの様子を窺っていると、彼は自分に言い聞かせるように声を漏らした。

「そうか……待たされても怒らないもの、なのか」

すると希少生物でも見るかのように、私をまじまじと眺めてくる。

「……あの、神さん？」

耐え切れなくなり彼の名前を呼ぶと、彼はハッと我に返った。

「悪い、行こうか。店、予約してあるんだ」

そうか、予約……。

一緒にご飯を食べる相手が、神さんだということを忘れていた。

亜紀や友達と行くみたいに、目についた飲食店に入ろうってノリじゃないよね、きっと。ってことは、もしかして……！

嫌な予感が頭をよぎったものの、先に歩きだした神さんについていくことしかできない。

そして歩いて約十分。連れてこられたのは、誰もが知っている高級料亭だった。

門がまえを見てたじろいでしまった私を、神さんは無理やり中に連れ込む。

趣のあるドアを開ければ、テレビで見るような高級感溢れる玄関先が目に飛び込んできた。

「神様、お待ちしておりました」

おまけに神さんの姿を見るなり、着物を着た女将《おかみ》さんがやってきて、私はさらに身を縮こませてしまった。女将さんに案内される途中も、廊下から見えた立派な日本庭園に視線を奪われる。

そして通されたのは、離れにある個室。

神さんは座るや否や、メニュー表を見ずに「松コースふたつ」と注文した。

「かしこまりました」

丁寧に頭を下げると、従業員はそっと部屋から出ていった。

それを確認し、ふと神さんが注文した松コースが気になり、メニュー表に手を伸ばして見た途端、目を疑ってしまった。

ちょっと待って、何このメニュー。三つのコースしかなくて、一番安くても一万円だって⁉

どうやらすき焼き専門店らしく、神さんが注文したのは一人前で三万円もする一番高いコース。

これにはさすがに、メニュー表を手にしたまま声をあげた。

「あの、神さん。梅コースに変更していただけませんか？」

「どうして？」

出されたお茶を飲みながら、尋ねてきた神さん。

「どうしてって……だってここ……」

言葉に詰まり、メニュー表を凝視してしまう。

すると彼は察したのか、私の手からメニュー表を奪うと、もとの場所に戻した。

「値段のことは気にしなくていいよ」

「ですが……っ」

気にするなって言われても無理だよ。三万円もする料理なんて、気軽に食べられるわけないじゃない。

するとさんは、煮え切らない私に言い聞かせるように話した。

「ごちそうするから、気にしなくていい。せっかく初めてのふたりきりの食事なんだから、美味《おい》しい物を食べたいし」

もっともな話だけど、カチンときてしまった。

「神さんの価値観を押しつけるのは、やめていただけませんか？」

神さんに悪意はないと思う。よかれと思って連れてきてくれたんだと思うけど、言わずにはいられなかった。唖然とする彼を目の前に、言葉を続けた。

「私は別に、こんな高級な料理が食べたいわけじゃありません。……そもそも、断る術《すべ》もなく勝手に誘ってきたのは神さんです」

「だから仕方なく来たと？」

感情の読めない表情で、間髪いれず問いかけてきた彼に、深く頷いた。

「以前にも言いましたが、私はあなたに興味などありません」

申し訳ないけれど、ハッキリ言わないと。もし仮に神さんが本気なら、期待させてしまうと悪いから。

まっすぐ目を見て伝えると、神さんは真剣な眼差しで私を見据えた。

「だからこうして食事に誘っているんだろ？　……最初から好きになってもらおうとは思ってないよ」

引き下がらない彼に、戸惑ってしまう。

「長期戦でいくつもりだよ。それともう一度言っておくけど、俺は本気だから。だから女性関係は一掃したし、今後も遊ぶつもりはない」

神さんがあまりに真剣な面持ちで話すものだから、不覚にも胸が高鳴ってしまった。なっ、なんでここでドキッとしちゃうのよ。こんなこと言われて、ときめいている場合じゃない。

亜紀には噂と表面だけで判断しないようにって言われたけれど、やっぱり彼が御曹司ってだけでいろいろと考えて拒否してしまう。互いの立場的にもきっと障害は多いだろうし、根っからの遊び人である彼のことだから、皆に同じようなことを言っているかもしれない。

慌てて自分を奮い立たせ、神さんと向かい合う。

「困ります。私が神さんを好きになることは、絶対にあり得ませんから」

大げさかもしれないけれど、あえて断言するように言った瞬間、神さんの額がピクりと反応した。

「どうして？　なぜ絶対ないと言い切れるわけ？」

切なげに瞳を揺らす彼に、動揺してしまった。

「それっ、は……っ」

「それは？」

問いつめられている状況に、焦りが増していく。

落ち着け自分。再び神さんに向けて口を開いた。

「逆に聞かせてください。どうして神さんはそこまで私のことを？　……まだ数回しか会っていませんし、こうやってゆっくりお話しするのは今日が初めてです。私のことだって何も知りませんよね？　神さんになびかない私が珍しいからですか？」

「そんなわけないだろっ!?」

静かな室内に彼の声が突然響き、身体が強張《こわば》ってしまう。

「……っ、悪い」

謝られたものの反応に困る。怒られるとは思わなかったから。

どうして怒ったの？　図星だったから？　それとも……違うから？

混乱する私に、神さんはゆっくりと訴えかけるように話しだした。

「確かに、キミに興味を持ったのは俺になびかないから、というのも一因だと思う。でも、好きになるきっかけなんて、そんなもんだろ？　ひと目惚れすることだってあるわけだし」

「そう、かもしれないですけど……」

「自分でも驚いているんだ。今日も一日中、ずっとキミのことばかり考えてしまっていた。……早く顔を見たくてたまらなかったよ」

ストレートな言葉に、赤面してしまう。

唇を噛《か》みしめ、ただ神さんを見つめることしかできずにいる私に、彼は少しだけ笑みを浮かべながら言った。

「配属して数日後には、キミの存在に気づいていたよ。綺麗な子だなって思っていたんだ。目で追っているうちに、面倒な仕事も嫌な顔ひとつせずこなしている姿が印象的で、いつか話してみたいと思うようになった。……だから、あの日はチャンスだと感じたんだ」

意外な話に驚いてしまう。まさか私のことをそんな風に見てくれていたなんて。

「だから決して、軽い気持ちでキミに近づいたわけじゃないから。……それだけはわかってほしい」

とてもじゃないけれど、嘘をついているようには見えない。じゃあ神さんは、本当に私のことを……？

そう思うと、恥ずかしさに襲われていく。

「どうやら俺の気持ち、少しは伝わったようだな」

私の顔を見て満足げに微笑む姿に、いたたまれない気持ちになる。

具材がちょうど運ばれてきて、店の人が一枚一枚、丁寧に肉を焼いてくれる。

すき焼きが作られていく過程をボーッと眺めている間、頭を駆け巡るのはさっきの神さんの言葉。

神さんが本気……。聞かされた今も信じられないけれど、もし本当なら――。

「どうぞお召し上がりください」

料理ができ上がり、作ってくれた店の人は静かに個室をあとにした。

「さ、冷めないうちに食べよう」

そう言われても、箸《はし》を手に取れそうにない。神さんが本気なら、なおさらこのままズルズルと一緒に食事なんてできないよ。

「あの、神さん」

「んー？」

熱々の肉と野菜を口に運ぶ神さんに、自分の気持ちを伝えていった。

「神さんが本気だってわかりました。……だから、私も本音を言いますね」

その言葉に彼の箸を持つ手が止まり、私を見据えた。

「ごめんなさい。私、ほかに好きな人がいるんです」

「好きな……人？」

瞬きもせずポカンとしたままの彼に、頷いた。

「はい」

〝好きな人〟……そのワードで頭に浮かぶのは、やっぱり鈴木主任。

「その人のことが本気で好きなんです。神さんがどんなに素敵な男性でも、気持ちが揺るがない自信があるくらい」

もしかしたら亜紀の言う通り、神さんはとても魅力的な男性なのかもしれない。

一方の鈴木主任は仕事がデキるわけでもないし、特別目を引く容姿でもない。けれど、私はその〝完璧じゃない〟鈴木主任の、優しくて場の雰囲気を和やかにしてくれるところ、人のよさが滲み出ている笑顔に惹かれているのだ。

「だからごめんなさい。こうやって、神さんに奢ってもらうわけにはいきません」

気持ちが向かないってわかっているのに、期待させるようなことはしたくないから。

頭を深く下げ、荷物を手に持って立ち上がった。

「せっかく誘ってくださったのに、申し訳ありません。お気持ちはありがとうございました。けれど、これ以上神さんとふたりで過ごすわけにはいかないので失礼します」

再度一礼し、神さんを見ることなく個室を去った。

廊下を進むも、彼があとを追いかけてくる気配はない。あそこまでハッキリ伝えれば、さすがに納得してくれただろうか。

料亭をあとにし、駅まで向かう途中、何げなく夜空を見上げると、どんより雲がかかっている。

そういえば、夜遅くから雨の予報だったっけ。

今日の話を亜紀にしたら、きっと呆れ返っちゃうだろうな。『なんてもったいないことしたの⁉』って怒られそうで、想像すると自然と口元が緩んでしまう。

自分でも、正直バカかもって思う。だって私みたいな庶民があんな御曹司様に好かれる機会なんて、これが最初で最後だと思うし。今まで苦労してきた分、神様が与えてくれた千載一遇のチャンスだったのかもしれない。

でもね、私が望んでいるのは、シンデレラになれるような幸運なんかじゃなく、もっと平凡でささやかな幸せ。例えば鈴木主任には最初から恋人がいなくて、私と付き合ってくれるとか……。

よりによって、どうして好きになってくれたのが御曹司なのかな。あんな王道ヒーローなんて、望んでいないのに。しかも何？　本気って。……むしろ軽いノリで来てくれたほうが、こっちだって罪悪感を覚えずに済《す》んだのに。

私なんかに好意を抱いてくれたこと、素直に嬉しかった。しかも私が仕事している様子を見て、でしょ？　あんなことを言われて、心が揺れない人なんていないよ。けれど、どんなに素敵な人でも私は神さんが今の立場でいる限り、好きにはならない。ううん、好きになるわけにはいかないんだ。

苦い過去が頭をよぎり、胸が苦しくなる中、ゆっくりとした足取りで家路についた。

思い出したくない過去

『なんてもったいないことしたの!?』

亜紀から予想通りの言葉をもらい、苦笑いする。

料亭からの帰り道、彼女から【恭様との素敵な一夜、あとで必ず報告すること】というメールが届いた。

どうやら神さんから伝言を預かってくれた先輩たちが、彼のメモを盗み見ていたらしく、神さんとデートしたことを会社の皆に知られてしまっていたのだ。

だから帰宅してシャワーを浴びたあと、すぐに電話で事の経緯を話すと、思わず耳からスマホを離してしまうほど大声で叫ばれた。

再度スマホを耳に当て、亜紀に伝える。

「だからさっきも言ったじゃない。期待させるのはよくないし、本気の相手に失礼だもの」

そう言うと、亜紀からは予想外な言葉が返ってきた。

『違うわよ、どうしてあんたは目の前のごちそうを食べてこなかったのかって言ってんの！　三万円のすき焼きコース料理なんて、下手《へた》したら一生食べられないのに‼』

『そっち⁉』と心の中でツッコむも、亜紀はこういう人だ。

　呆れて息を漏らしてしまう。

『それにしても、つくづく美月ってもったいない人生を送っているわよね』

「美味しいすき焼きを食べられない人生？」

『違うわよ！』

　さっきは、すき焼きのことだったのに。

　心の中で悪態をつきながらも、口を挟《はさ》むことなく亜紀の話に耳を傾けた。

『せっかく恭様が新しい恋をするチャンスをくれたっていうのに。しかも相手は我が社の次期社長よ？　こんなチャンス、もう二度とないのに！』

　今度はこっちの〝もったいない〟か……。

「そう言われると思った」

　亜紀は電話越しに、すかさずツッコんでくる。

『当たり前でしょ？　……あんたさ、いい加減、過去のトラウマから脱出したいと思わないの？　そのリハビリに、恭様は打ってつけだと思うんだけど』

「そんな簡単に言わないでよ」

『所詮、私は美月じゃないから言えるの！　いや、むしろ言ってあげているのよ。でないと、これからもずっと人生損して生きていくことになるわ』

それはさすがに大げさだと思う。

黙り込んでしまった私に追い打ちをかけるように、亜紀は話を続けた。

『これは美月のためを思って言ってるんだからね。過去のことをバネにして、〝私は幸せになってやる‼〟くらいのガッツを見せなさいよ』

亜紀が私のためを思ってくれているのはわかってるよ――。

それでも昔のつらい記憶は、そう簡単に消えてくれそうにないんだ。

＊　＊　＊

私には生まれた時から父親がいなかった。幼少期はお母さんとふたりきりの生活になんの疑問も持たなかったし、それが当たり前だと思っていた。

そうじゃないと思い知らされたのは、幼稚園に通い始めてからだった。

「どうして美月ちゃんには、パパがいないの？」

友達に何げなく言われた言葉に、近くにいたお母さんたちが慌てだしたのを、今でもよく覚えている。

友達を叱《しか》るお母さんたちを見て、子供ながらに『私の家は普通じゃないのかも』って思ったんだ。

それから年齢が上がるごとに、自分の家庭に疑問を抱くばかりだった。

友達の家には働いているお父さんがいて、中には夫婦で共働きしている家庭もある。だけどうちにはお父さんがおらず、それなのにお母さんが働くわけでもなく、ずっと家にいた。私が生まれてからずっとだ。

子供ながらに、お母さんが働いていないのに、どうして不自由なく暮らしていけるのか不思議だったけれど、なんとなく聞きづらくてその疑問をお母さんにぶつけることはできなかった。

そんな私がすべてを知ったのは、中学三年生の時だった。

もう理解できる年齢だと判断したお母さんが、すべて話してくれた。

「美月のお父さんはね、有名な企業の経営者の家系で、どうしても私とは結婚できなかったのよ」

ここから始まった話は、私が想像していた以上に衝撃的だった。

お母さんとお父さんは恋人同士だったけれど、家族に結婚を反対され、駆け落ちしようと思ったこともあったとか。

けれどお父さんは最終的に、お母さんではなく親の決めた相手と結婚し、会社を継ぐ道を選んだ。交際中にふたりの間にできた私のことは認知してくれて、お母さんが仕事をしなくても、私のことを育てていけるほどの援助をしてくれていると。それは私が大学を卒業するまでずっとだ。

おかげで私は自分の行きたい高校、大学に進学できたわけだけど、やるせない気持ちが膨れ上がるばかりだった。

子供ができたにもかかわらず、お金だけ払って責任を取らなかったお父さんに対しても、そんなお父さんに甘えて仕事もせずに生きてきたお母さんにも。

ふたりは私がどんな思いで子供時代を過ごしてきたのか、わかっているのだろうか？

幼稚園の頃からずっと、運動会や授業参観といった、学校イベントの時にお父さんがいない寂しさや、うちの家庭の事情を嗅《か》ぎつけた友達のお母さんたちやご近所さんから、コソコソと噂話される苦痛とか。

中学生になると言われることはなくなったけれど、小学生まではよく同級生たちに聞かれたり、からかわれたりした。

お母さんは『お父さんもつらい思いをしている』とか、『仕方がなかったのよ』なんて言っていたけど、だったら貧乏でもいいから、お母さんには家庭を持っているお父さんに頼ることなく私を育ててほしかった。

お父さんのことなんて何も知らないけど、お金ですべて解決している気がして、お父さんのような御曹司なんて、私は絶対好きにならないと思うようになっていった。

私は平凡で和やかな家庭を築きたい。子供に嫌な思いをさせることなく、幸せに暮らしたい。笑い合って毎日を過ごしたい。

その思いが大人になるたびに、強くなるばかりだった。

就職先はできるだけ大きな会社を選んだ。今後一切、お父さんからの援助を受けたくなかったし、お母さんみたいにならないよう、自分でしっかりお金を稼ぎたかったから。

お母さんから『今まで援助してくれていたお父さんのためにも、有名な企業に就職しなさい』と今の会社を勧められた時は反発心が湧いたけれど、実際調べてみると、労働条件や給料の高さが気に入って自分で決断した。

そして社会人になると、お父さんからのお金の援助はなくなり、あれほどお父さんのことを好きだと言っていたお母さんは、あっさり新しい恋人を作った。私のひとり暮らしを機に、今では恋人と都内で同棲生活を送っている。

そんなお母さんとはずっと連絡を取っていないし、取りたいとも思わない。

どこかの有名な企業を経営しているお父さんには、大学まで行かせてもらったことに感謝してはいるけれど、今さら会いたい気持ちもない。

社会人になったことで、今まで育ててくれたふたりへの恩義は果たせたと思うし。

私は私で幸せになろうと決めたんだ。お母さんみたいに、男の人に頼るばかりの人生なんて送りたくない。お父さんみたいに、お金ですべて解決しようとする人とは、絶対結婚したくないって。

平凡でもいい。私を一生愛してくれて、幸せな家庭を築いてくれる人。そんな人と恋愛したい。

＊　＊　＊

『神さんと付き合って、見せつけてやればいいじゃない、ふたりに。〝私はこんなに幸せになれたのよ〟って』

昔の思い出にふけっている中、聞こえてきた亜紀の声に、ハッと我に返る。

「それはそうかもしれないけど……。でも私、恋愛するなら結婚までいくような人としたいんだよね」

理想の恋愛観を語ると、『はぁ？』とあからさまな声が返ってきた。

『何言ってるのよ、今は恋愛してなんぼじゃない。いい？　恋愛スキルを上げて男を見る目を養わないと、いい男なんて捕まえられないわよ』

亜紀の言うことも一理あると思うけど……。

「そうかもしれないけど、もう社会人になったし、それほど好きでもない人と付き合って恋愛スキルを磨くより、たったひとりの人と幸せな恋愛がしたいんだよね」

『でもっ……！』

「ごめんね。私のためを思って言ってくれていること、いつも感謝しているから」

そう言うと、さすがの亜紀も押し黙ってしまい、電話越しからは『美月が幸せになれるならいいよ』と力ない声が返ってきた。

そんな亜紀に再度お礼を述べ、電話を切ったと同時にため息が漏れてしまう。

「今日は疲れちゃったな」

スマホを手にしたまま、ベッドに仰向《あおむ》けになる。瞼を閉じると神さんの顔が頭に浮かんでしまった。

言いたいことだけ言って帰ってきちゃったけど、注文してもらった料理には手もつけず、おまけに支払いもしてこなかった。

あの時はただ『これ以上、神さんと一緒にいるわけにはいかない』っていう思いでいっぱいだったけれど、帰宅して冷静に考えると失礼にもほどがあるよね。

けれど、これできっと神さんは私のこと、どうでもよくなったはず。あの時追いかけてこなかったのが、何よりの証拠だ。

仕事面でせっかく褒《ほ》めてもらえたのに、人として最低限の常識もない女だったんだって、幻滅されちゃったかもしれない。

それが本望のはずなのに、なぜだろうか。ほんのり胸が痛んでしまうのは。

疑問を抱きながら、その日はそのまま眠りについた。

甘えさせてください

月曜日の朝。今日も私は、スマホのアラーム音で目を覚ます。

「んっ……もう朝か」

のっそり起き上がり、トボトボと窓のほうへと向かっていく。

目をこすりながらカーテンを開けると、雲ひとつない青空が広がっていた。

グンと身体を伸ばし、会社に行く準備に取りかかる。

あの日から約半月が過ぎた。

神さんとは同じ会社だから、見かけることはあっても会話をしていない。先に私が気づくと見つからないように身を潜め、神さんの様子を窺う日々だ。

彼に特に変わった様子はなく、亜紀の話だと、今まで以上に真剣に仕事に打ち込んでいるらしい。そして、まだしばらく関東営業所に勤務する予定だと聞いた。

一方の私はというと、神さんがぱったり庶務課を訪れなくなったせいか、『やっぱり一時的なことだったんだ』とか、『愛想《あいそ》尽かされちゃったんじゃないの？』なんて陰口を叩《たた》かれる始末。

先輩たちも私に期待していた分、最近どことなく冷たい気がする。それでも嫌がらせをされるわけではないから、業務に支障をきたさずに済んでいる。

鈴木主任とは相変わらず、上司と部下の関係のまま。

あっ、違う。大きく変わったことがあった。つい先週の始業前に、庶務課の皆の前で鈴木主任が報告をしたんだった。『来年の春に、結婚する予定です』って。

庶務課内は一気に祝福モードになったけれど、私は皆と同じように拍手を送るだけで精一杯だった。婚約者がいる。その時点でいつかはこんな日が来ると覚悟してはいたけれど、実際に具体的な式の日取りを聞かされると、つらい現実を突きつけられた。

『いい加減、忘れるべきなんだ』って。

有名なホテルで挙式披露宴《ひろうえん》を行うらしく、幸せそうに頬を緩めながら言われた。

『小野寺さんも、ぜひ出席してね』と。

もちろん笑顔で『喜んで』と答えたけれど、心の中では全然笑えていなかった。

婚約者がいると知っていても、実際に彼女とふたりで幸せそうにしているのを見たことがないから、今もこうして想いを断ち切れないのかもしれない。

でも、さすがに結婚式で幸せそうなふたりを目《ま》の当たりにしたら、嫌でも現実を受け入れるしかない。

もうどんなに想っていても、報われることはないのだと——。

身支度を整えて戸締まりを済ませ、家をあとにした。


「あれ、小野寺さん？」

「……鈴木主任」

会社の最寄り駅で電車から降り、改札口へ向かっていると、不意に声をかけられて心臓が飛び跳ねた。

振り返ると、私だと確信した鈴木主任の表情がみるみるうちに緩んでいく。

「あっ、やっぱり小野寺さんだった！　珍しいね、ここで一緒になるなんて」

「そうですね」

肩を並べ、改札口へと向かっていく。

鈴木主任は、いつも私より先に出勤しているので、駅で会うことはほとんどない。

「小野寺さんは、いつもこの時間の電車なんだ？」

「はい。鈴木主任は、普段はもっと早いですよね」

改札口を抜けると、鈴木主任は照れ臭そうに頭をかきだした。

「恥ずかしい話、寝坊しちゃって。いつもの電車より三本遅れちゃったんだ」

「そうだったんですか」

言われてみれば、髪の毛がいつもより一層跳ねている気がする。

「鈴木主任、髪がだいぶ大変なことになっていますよ」

さすがにこれで出勤するのはマズいと思い伝えると、鈴木主任は「嘘っ⁉」と慌てて、髪の毛を整え始めた。

「どうかな？ 直った⁉」

少しマシになった程度でまだ跳ねているけれど、ある意味、鈴木主任らしい。

「はい、大丈夫です」

安心させるように微笑んで言うと、彼は大きく肩の力を抜いた。そしていつものように、頼りない笑顔を見せる。

あぁ、もう。朝から人をキュンとさせるなんて。

必死に平静を装い、一緒に会社へと向かっていると、彼はなんの前触れもなく突然話しだした。

「あっ！ そうだ‼ 小野寺さん、今日って、仕事のあと何か予定ある？」

「予定、ですか？」

思い出したかのように声をあげた鈴木主任に驚くも、特に用事はないことを伝えると、意気揚々《ようよう》と提案された。

「じゃあさ、今日こそ食事にでも行かない？　ほら、この前約束したでしょ？　いつもお世話になっているお礼をさせてほしいって」

びっくりだ。半月も前の約束を、ちゃんと覚えていてくれたなんて。

「職場で誘ったらこの前の二の舞になりそうで、なかなかタイミングがつかめなくてさ。今さらだけど、よかったら付き合ってくれる？」

『付き合ってくれる？』の言葉に、〝食事に〟という意味だとわかっているのに、ドキッとしてしまい、言葉に詰まる。

「……もしかして、予定があった？」

何も言わない私を窺うように、彼が見つめてきた。

「あっ、いいえ、大丈夫です！　鈴木主任さえよろしければ、ぜひ」

すると鈴木主任は、まるで子供のように喜びを露わにした。

「いいに決まっているじゃない。こっちが誘ったんだから。じゃあ、今日は早く仕事を終わらせないとね」

「……はい！」

夢みたいだ。まさかここにきて、鈴木主任とふたりで食事に行けるなんて。もしかしたら、鈴木主任が独身でいる間の最後の思い出として、神様がプレゼントしてくれたのかもしれない。

そう思うと、いつにも増して仕事へのモチベーションが上がり、会社に着くとテキパキと作業をこなしていった。


「それじゃ、乾杯」

「乾杯」

仕事のあと、鈴木主任と会社の外で待ち合わせてやってきたのは、路地裏にある小さな居酒屋。

なんでも、ここは彼が頻繁に訪れる店のようで、料理が絶品なのだとか。

「……美味しい！」

「でしょ⁉」

勧められただし巻き玉子が美味しくて思わず叫ぶと、鈴木主任は頬を緩めた。

「小野寺さん、これも食べて。俺がいつも注文するやつなんだ」

「はい、ありがとうございます」

どうしよう、たまらなく幸せ。鈴木主任とプライベートでふたりきりで食事に来て、彼のオススメ料理を食べているこの状況が。

まるで恋人同士じゃないかと、錯覚してしまいそうだ。アルコールの力も借りて、気分はますます高揚していく。

このまま時間が止まってしまえばいいのに。好きな人が目の前で笑っている……それだけで幸せな気持ちになれるのだから、つくづく私って単純な人間だと思う。

今日だけはいいよね。こんな機会、もう二度とないと思うから、今をとことん楽しもう。

「いやー、それにしても、小野寺さんは本当に偉いと思うよ。どんなに嫌な仕事でも率先してやってくれるし、何より仕事がデキる」

酔っているのか、トロンとした目でいつもより饒舌《じょうぜつ》に語る彼に、クスクスと笑ってしまう。

「もー、鈴木主任ってば。そんなに褒めたって、何も出ませんよ？」

過大評価されていると感じるけれど、好きな人に褒められるのはやっぱり嬉しい。私も酔っているのか、返しも軽快になる。

「いやいや、本当だって。ほかの皆は、あからさまに顔に出してるし。小野寺さんだって、一緒に仕事していてわかるでしょ？　もちろん頼んだ仕事はやってくれるけど、嫌々だってすぐわかっちゃうもん」

鈴木主任が仕事の愚痴《ぐち》を話してくれたことが新鮮で、口を挟まず相槌《あいづち》を打つ。

「おまけに俺のこと、絶対下に見ているし。……まぁ、実際、名ばかりの主任で、頼りないけどさ」

がっくりうなだれて弱音を吐く姿に、胸がときめいてしまうよ。

「なんかごめんね、上司のくせに部下の小野寺さんに愚痴っちゃったりして」

申し訳なさそうに眉をひそめ、頭を下げる鈴木主任に、慌てて手を左右に振った。

「そんな謝らないでください。……わっ、私でよかったら、いつでも話聞きますよ」

自分でも思い切った発言だと思う。けれど、どうしても伝えたかった。鈴木主任の話なら、なんでも聞きたいから。

すると彼は嬉しそうに頬を緩め、突然笑いだした。

「え、あの、鈴木主任?」

思わず首を傾げると、その理由を話してくれた。

「小野寺さんと話していると、いつも思うことがあってさ。……俺に妹がいたら、こんな感じなのかなって」

え……妹？

固まる私をよそに、鈴木主任は照れ臭そうに話を続ける。

「そ。ダメな兄貴とよくデキた妹。俺たちってそんな感じしない?」

同意を求められても、笑顔が引きつってしまう。だって、私は鈴木主任のことを
『お兄ちゃんみたい』と思ったことなんて一度もないから。

「だからここだけの話、ほかの皆より小野寺さんのことが気になっちゃうんだよね。

なんか、放っておけないっていうかさ……」

ごにょごにょと言葉を濁す彼に、私の胸はさっきからズキズキと痛んで苦しい。

最初からわかっていた。鈴木主任にとって私は、ただの部下でしかないと。それど
ころか、完全に恋愛対象外の『妹みたいな存在』だったなんて――。

「だからこうして小野寺さんとふたりで、飲みに来られて本当に嬉しいんだ」

「……私もです」

私、ちゃんと笑えているかな?

せっかくここまで楽しい気分でいたのに、台無しにするわけにはいかない。

「これからも小野寺さんには仕事上、たくさん迷惑をかけてしまうと思うけど、よろ
しくお願いします。あっ‼　もちろん俺のことも頼ってくれていいからね」

「ありがとうございます」

鈴木主任は嬉しそうに微笑んだ。

ついさっきまでは、夢じゃないかって思っちゃうほど幸せだったのにな。……最後に〝妹宣言〟されちゃうなんて。

ダメだな、気持ちがどんどん沈んでいく。うつむいていたら涙が出ちゃいそう。

「鈴木主任、ビールおかわりしてもいいですか？」

「もちろん！　どんどん飲んで」

飲まなきゃ、やってられない。平常心を保ってなどいられないや。

あまりアルコールに強くないくせに、この日ばかりはたくさん飲んでしまった。


「本当に、送らなくても大丈夫？」

「はい、大丈夫です」

時刻は二十三時過ぎ。普段の飲み会の倍以上は飲んだ私を気にしてか、鈴木主任は店先で心配そうに尋ねてきた。

『飲ませてしまった』と、責任を感じているのかもしれない。

「しっかり歩けますし！」

平気なフリをして伝えるも、いまだに鈴木主任の瞳は不安げに揺れている。

「もー、本当にここで大丈夫ですから！」

ここから自宅まで電車でひと駅の私とは違い、乗り換えのある鈴木主任は終電を逃してしまったためタクシーで帰るところ。

主任とは反対方向だし、ここで送ってもらっちゃったら、もっとつらくなる。幸せな時間はここで終わりにしたほうがいいんだ。

「今日は本当にごちそうさまでした。また明日からよろしくお願いします」

「うん、こちらこそ。……じゃあ帰るけど、もし途中で気分が悪くなったりしたら、遠慮なく連絡してね」

心配そうにかけられた声に、胸がズキッと痛んでしまう。

最後まで優しいんだから。その心遣いが私を苦しめている、なんて微塵《みじん》も思っていないんだろうな。

「ありがとうございます。では、ここで」

早くこの場を立ち去ろうと一礼し、背を向ける。

「今日は楽しかったよー！　気をつけてね！」

その声に、一瞬足が止まりそうになるも、歩きながら振り返る。笑顔で手を振り続けている鈴木主任に再度頭を下げ、駅へと急ぐ。

ダメ、まだ歩き続けないと。店から離れた場所まで頑張るんだ。

自分に言い聞かせながら歩いていく。そして居酒屋から二百メートルほど歩いたところで身体も限界に達し、深いため息とともにしゃがみ込んでしまった。

「気持ち悪い……」

必死に平気なフリをしていたけれど、本当は店を出る頃からずっと気持ち悪くて仕方なかった。ひと駅だけとはいえ、このまま電車に揺られていくわけにはいかない。

「どこか休めるところ……」

しゃがみ込んだまま顔だけ上げて周囲を見回すも、頭がクラクラする。

最悪だ。少し酔いがさめるまでどこかの店で時間を潰そうかと思ったけど、その店に行くことすらできないかも。けれど、いつまでも歩道でうずくまっているわけにはいかない。さっきから通行人の視線が痛い。

再び顔を上げて周囲を見回すと、数メートル先にベンチが見えた。最後の力を振り絞って立ち上がり、フラフラになりながらもどうにかベンチに辿り着くと、倒れ込むように腰かけた。本当はこのまま横たわりたいところだけど、我慢《がまん》して背もたれに体重を預ける。

夜空を見上げると、ビルとビルの隙間《すきま》には星が輝いている。

なんてことのない星空だけど、眺めていたら無性に泣きたくなってしまった。

「あー、もう最悪」

人生初の酔い潰れ。おまけに失恋したからってたくさんお酒を飲んで……なんて。

ううん、違う。最初から失恋してたじゃない。改めて思い知らされただけ。

それなのになぜだろう。視界がぼやけて仕方ない。涙が溢れて止まらないよ。下を向いて涙を拭うも、次から次へと溢れていき、アスファルトの上を濡らしていく。

亜紀の言う通り、さっさと区切りをつけて諦めていればよかった。

一日、また一日と過ぎれば過ぎるほど、〝好き〟って気持ちは募るばかりだった。

諦めなくちゃってわかっていたのにそれができなかったのは、きっと鈴木主任が私に優しくしてくれたから。妹としか見られていないとは知らずに、ちょっと期待しちゃっていたんだ。もしかしたら一緒に働いていれば、私に気持ちが傾いてくれるかもしれないって。

「もう最悪っ……！」

幸せになりたい。ただそれだけなのに、どうして神様は叶えてくれないのかな？

誰もお金持ちになりたいとか、自慢できるような彼氏が欲しいとか、出世したいとか、そんなことは望んでなどいないのに。一度も味わうことができなかった、平凡だけど満たされた生活を送りたいだけなのに。

「うっ……ひっく……」

声にならない想いが溢れていく。通行人には〝酔っ払い〟とか〝変な人〟って思われているかもしれないけれど、涙が止まらなかった。目元を拭おうと、バッグの中に入っているハンカチを探すけれど、なかなか見つからない。

「やだ、どこいっちゃったんだろう」

涙で視界が霞《かす》み、夜ということもあってよく見えない。手探りでハンカチを探していると、いきなり頭からジャケットが被《かぶ》せられ、視界が真っ暗になってしまった。

「キャッ⁉」

驚いて叫んだ瞬間、左腕をつかまれると無理やり立たされ、膝《ひざ》の上に載せていたバッグがアスファルトの上に落ちていく。びっくりしたまま右手でジャケットをどかし、腕をつかんでいる人物を確かめる。

「え、どう、して……？」

唖然としてしまう。だって、そこにいたのは、神さんだったのだから。

「『どうして』じゃないだろ？」

彼はいつになく余裕のない表情で、私を見下ろしている。

「何やってんの？　こんなところで」

それはこっちのセリフだ。どうしてここに神さんがいるの？

聞きたいのにびっくりしすぎて声が出ず、ただ神さんを見つめることしかできない。

すると彼は自分を落ち着かせるように大きく息を吐き、つかんでいた腕を離すと親指で涙を拭ってくれた。

急に神さんの手が目元に触れたものだから、思わず目をつぶってしまう。

「っとに、一瞬目を疑ったぜ。車で信号待ちしていたら、とんだ酔っ払い女がいるんだから。……それがまさかキミだとは」

呆れた物言い。けれど涙を拭ってくれる手は優しい。

「心配でいても立ってもいられなくて、慌てて近くのパーキングに停めてきたよ」

次第に表情が柔らかくなっていく彼を、食い入るように見てしまう。

もう二度と話すことはないだろうと思っていた。食事に誘ってくれたのに、最悪なかたちで帰ってきてしまったから。

なのに、どうして私を見つけてくれたの？　駆けつけてきて、優しく涙を拭ってくれるの？

「どうして、ですか？」

「ん？」

涙はすっかり止まってしまったのに、神さんの手はいまだに私の目元に触れたまま。

それが私をますます戸惑わせていく。

「どうしてここに……？」

聞きたいことはもっといっぱいあるのに、うまく言葉が出てこない。

けれど神さんは、順を追って説明してくれた。

「だから言っただろ？　信号待ちしていたら、キミを見かけたって。……おまけに泣いていたんだから、駆けつけるのは当たり前だと思うけど？」

目を細め、愛しそうに私を見る彼の瞳に、顔が熱を帯びていく。

そんなの答えになっていない。この前ハッキリ言ったじゃない。私には好きな人がいるって。神さんには興味ないって。それなのに、弱っている時に駆けつけてくれるなんて……。

止まったはずの涙が、また溢れだす。

「困ります……こんなの」

すかさず涙を拭ってくれる彼に、複雑な感情が込み上げる。

「別にいいだろ？　俺が勝手にやっていることなんだから」

それは困る。だって……。

「ズルいですよ、こんなの。人が落ち込んでいる時に現れるなんて。神さんはどこまで王道ヒーローなんですか？」

「『王道ヒーロー』って……フッ。なんだよ、それ」

一瞬面食らってから、神さんは噴き出した。

「わっ、笑い事じゃありません！　だってそうじゃないですか！　カッコよくて御曹司で。おまけにこんな場面で登場しちゃうなんて、王道ヒーロー以外の何者でもありませんから」

まくし立てるように言ったせいか、余計に酔いが回って身体がふらついてしまった。

「つぶね」

前方に倒れそうになった身体を、神さんが支えてくれた。

「すみませっ……」

すぐに離れようとするも、身体に力が入らない。

「相当飲んだようだな」

アルコールの臭《にお》いに気づいたのか、頭上からは深いため息が漏れる。

そうだよね、呆れちゃうよね。お酒に頼っちゃうとか。けれど飲むしか道はなかった。でなかったら、気持ちが溢れて言ってしまいそうだったもの。『私は鈴木主任の妹じゃない。それじゃ嫌だ』って。

また思い出してしまい、胸がギュッと締めつけられた瞬間、神さんの腕がそっと背中に回った。

「え、神……さん？」

嫌でも感じる彼のたくましい胸板と、微《かす》かに鼻を掠《かす》めるアクアブルーの香りに、今の状況を把握していく。抱きしめられている……そう気づいてすぐに身をよじるも、さらに腕に力を込められてしまった。

「キミにとって、俺は王道ヒーローなんだろ？　だったら、ここはヒーローらしく振る舞わせてよ。……つらいなら甘えてくれていい」

「……神さん」

気遣うような優しい声色に、背中を撫でる大きな手の温もり。

次第に手なずけられた猫のように、身体を預けてしまう。甘えてしまったらダメと、頭ではわかっているのに、身体がいうことをきかない。

だって、つらいから。ひとりでいたら、つらくて苦しい。私、神さんにひどいこと言ってばかりなのに。それなのに……。

抱きしめられているくせに、心の中でためらっていると——。

「素直に甘えとけよ」

私の気持ちを見透かしたように、放たれた言葉。

「あっ、悪い。場所が問題だよな」

「……え、わっ⁉」

身体が離されたと思った瞬間、神さんは私の肩と膝裏に腕を回すと、私を軽々と抱き上げた。

「よっと」

私を抱き抱えたまましゃがむと、彼は落ちていた私のバッグを器用に手に取り、歩きだした。

すれ違う人たちの視線を感じて、我に返る。

「じっ、神さん！　下ろしてください‼」

「無理。つーか下ろしたって、まともに歩けないだろ？」

すぐに却下され、もっともなことを言われては口ごもってしまう。

その間も神さんは歩を進める。私を抱き上げているくせに、呼吸も乱さずに。

身体の線は細いのに、意外と力があるんだ。

そんなことを考えながらも、至近距離にある彼の横顔から目が離せない。

まっすぐ前を見据えた凛々《りり》しい姿に、なぜかキュンとしてしまった。

女子憧れのお姫様抱っこを躊躇《ちゅうちょ》なくしちゃうなんて、神さんってば本当にどこまで王道ヒーローなのよ。

高鳴る鼓動をごまかすように、心の中で悪態をついてしまうも、神さんが歩くたびに揺れる心地よい振動に、次第に瞼が重くなっていく。

どうしてこのタイミングで眠くなっちゃうわけ？　さっきまで気持ち悪くてフラフラだったのに。

「眠いなら寝ていいよ」

意識が薄れていく中、聞こえてきた声。

甘えるわけにはいかない。けれど、もうどうしようもないみたい。この人の腕の中は、自分でも驚くほど居心地がよくて安心できてしまうから。

それは酔っているから……？　そうだよね。でなければ、こんな簡単に神さんに気を許すわけがないじゃない。

瞼がゆっくり閉じられていく。

最後に視界が捕らえたのは、愛しそうに私を見つめる彼の瞳だった。

絶対に諦めない

感じるのは心地よい温もり。できれば、このままずっと……と思いながらも、うっすらと瞼を開ける。

すると、すぐそばの窓から、優しい光が差し込んでいる。

徐々に覚醒していくと同時に、まだ夢の中じゃないかと錯覚してしまう。

「え、どこ？　……ここ」

自宅の天井より遥かに高く、寝ていたふかふかのベッドはどう見てもダブルサイズ。

周囲を見回せば、壁も部屋の造りも、明らかに自分の部屋じゃない。

しばし呆然としていると、ベッドサイドにある電話が突然鳴りだした。

えっ何……？　状況が呑み込めないけれど、ここは電話に出るべきよね？

そう思い、恐る恐る受話器を取った。

「もっ、もしもし……」

『小野寺様、おはようございます』

「おっ、おはようございます」

丁寧な声色に、電話越しだというのに背筋がピンと伸びてしまう。

『朝食とお着替えのほうを七時にお持ちしても、よろしいでしょうか？』

「え、朝食に着替えですか？」

思わずオウム返ししてしまう。

『はい、神様より承っております』

神様って……神さん!?

そこでやっと、昨夜の記憶が蘇ってきた。

そうだ私、昨夜は鈴木主任に妹みたいだって言われて落ち込んで、思いっ切り飲んで。酔って泣いて醜態《しゅうたい》をさらして……。

ううぅ、ダメだ。ズキズキと痛む頭に手を当てる。神さんに抱き上げられて……そこから記憶が全くない。

『あの、小野寺様？』

電話越しに、心配そうに呼びかける声が聞こえてきた。

「あっ、すみません！　あの……えっと、神さんは……？」

混乱する頭で彼のことを尋ねると、『会計を済まされ、出社されました』と返事がきた。

会計ということは、ここはホテルかな？　昨日、あのあと連れてきてくれたのかな。そんなことを思いながらも時間を確認すると、まだ朝の六時半。それなのに出社って早すぎない？

『では朝食とお着替えのほう、七時にお持ちいたします』

「よっ、よろしくお願いします」

咄嗟に返し、電話を切ったものの……。

「朝食に着替えって……神さんが用意してくれたんだよね？」

しかも、会計を済ませたと言っていた。

『もしかして、意識がないうちになにかされてないかな？』と不安になり、布団《ふとん》をめくってみると、昨日着ていた服のままだった。

何もされていなかったことにホッと安堵する。けれど昨夜の醜態が脳裏に蘇り、迷惑をかけてしまったと思うと、がっくりうなだれてしまう。

「何やっているんだろう、私……」

いくらつらかったからって、神さんに甘えちゃうなんて。

ふと、両手で顔に触れてみる。

「本当に最悪……」

服はしわしわ。メイクも落とさず寝たせいで、お肌もカピカピ。

とりあえず、スマホで現在地を確認すると、会社近くの超高級ホテルだとわかって、唖然とする。

どうしよう、こんな高いところに連れてきてもらっていたなんて……。

起き上がって広すぎる部屋を歩いて、見回してみる。

部屋は高級感溢れる造りで、配置されている家具もすべて高価そう。カーテンを開けて景色を眺めれば、都会の街を見渡すことができる。

普通に生きていたら、こんなところ二度と泊まれないよね。

申し訳ないと思いつつも、こうなってしまえばとことん神さんに甘えてしまおう。朝食も着替えも用意してくれたなら、一度家に戻ることなく出社できるし、遅刻の心配もなさそうだ。

そう腹を括《くく》り、バスルームへと向かった。

二日酔いで頭は痛いし身体はだるいけれど、熱いシャワーを浴びれば少しスッキリするかもしれない。

洗面所に入ると、アメニティの高級さに目を丸くしたものの、大きな鏡に映る自分の姿にもっと驚愕《きょうがく》し、顔が引きつってしまった。

メイク、特にマスカラとアイライナーは完全に崩れてパンダ状態。洗面台にあったメイク落としで落とすと、昨夜たくさん泣いたせいで目元が腫《は》れている。

シャワーを浴びて冷やせば、メイクでカバーできるかな？

昨日はせっかく鈴木主任と笑顔でバイバイできたのに、こんな顔で出社したら、心配かけちゃう。

シャワーを浴びながら昨夜のことを思い出していく。

最初は幸せな時間だったんだけどな。後半打ちのめされちゃった。

けれど、少しでも楽しい時間を過ごせてよかった。きっと一生忘れないと思うから。

それに、なぜか自分でも驚くほどスッキリしている。たくさん泣いたのはもちろん、神さんに寄りかかれたからだろう。『つらいなら甘えてくれていい』って言ってくれた神さんに、救われたんだと思う。

あのままひとりで過ごしていたら、顔はもっとひどいことになっていて、今日会社を休んでいたかもしれない。

神さんに謝らないと。そして『ありがとう』と言いたい。正直まだつらいけど、それでも前に進もうと思えているから。

どんなに苦しくても、鈴木主任の結婚式はやってくるんだ。笑顔で出席したいし、ちゃんと笑って『おめでとうございます』って伝えないと。

それから時間通りに豪華な朝食が届き、普段自分では着ないような服を渡された。おまけに神さんってば、メイクさんも手配してくれていて、プロの手にかかれば嘘のように目元の腫れも目立たなくなり、自分とは思えないほど綺麗に仕上げてくれた。

準備を終え、チェックアウトを済ませて外に出ると、泊まっていたホテルを見上げてみる。外観は荘厳だし、中でもあの部屋は高かったはず。宿泊代を聞いたら、腰を抜かしてしまいそう。

「とっ、とにかく会社に行かないと」

いつもは動きやすいラフな格好だけど、神さんがチョイスしてくれたのは、襟元にレースがあしらわれたオフホワイトのブラウスと、淡いネイビーのタイトスカート。OLらしい通勤スタイルだとは思うけれど、普段の自分の服装と全然違っていて落ち着かない。とはいえ、一度家に帰って着替える時間もないし、せっかく用意してくれたんだもの。着ていかないと悪いよね。

そう言い聞かせ、会社へと急いだ。

無事に会社に着くと……なぜか周囲の視線が異様に突き刺さる。

え、もしかしてこの格好のせい？　……似合ってないのかな。

不安に襲われながらも、身体を小さくしながら庶務課へ急いだ。

「おはようございます」

挨拶したのは先に来ていた三人の先輩たち。いつもだったらすぐに『おはよう』と返してくれるのに、なぜか三人はポカンと私を眺めたまま。

「あの、どうかされましたか？」

どこかおかしなところがあるのなら、ハッキリ言ってほしい。

先輩たちに恐る恐る声をかけると、そのうちのひとりである三十代後半の男性社員がハッとして口を開いた。

「ごっ、ごめん！　いや、小野寺さんがあまりに綺麗だからさ、見とれちゃって」

「……え」

意外な言葉にドキッとしてしまう。

彼は、照れ臭そうに頭をかいた。

「でも、いいと思う。小野寺さんって、いつも動きやすさ重視って感じの服装だったからさ、すごく新鮮だよ。っと、これじゃあセクハラになっちゃうかな？」

「あっ、いいえ。その……ありがとうございます」

伝染するように、こっちまで照れ臭くなる。

「本当だよー、私もびっくりした！　一瞬、誰だかわからなかったくらいよ」

「メイク変えた？　もしかして、今日デートなの？」

いつの間にか出勤していたほかの女性社員ふたりも、ニヤニヤしながらからかうように声をかけてくれて、ますます恥ずかしくなってしまう。

そういえば、今日はメイクさんに化粧してもらっていたんだった。

その後も出勤してくる先輩たちに褒められていると、鈴木主任が現れた。

「おはようございまーす……って、えぇっ⁉　小野寺さん、どうしちゃったの⁉　今日、すっごい綺麗だよ」

出勤するなり、バッグを手にしたまま駆け寄ってきた鈴木主任は、恥ずかしがる様子もなく興奮ぎみに話しかけてきた。

それが素直に嬉しくて、口元が緩んでしまう。

「あっ、ありがとうございます」

「小野寺さんは、もともと美人さんだったもんね。化粧ひとつで、さらに綺麗になっちゃったね」

ニコニコと笑いながら褒めてくる鈴木主任に、周囲も呆れたように「始まったよ」

とか「主任の褒め殺し攻撃」なんて言いながら、からかい始めた。

いつもの庶務課だ。鈴木主任が輪の中心にいて、皆にイジられていて。この雰囲気がやっぱり大好きだ。

鈴木主任とは恋人同士にはなれなかったけれど、職場の上司であることには変わりないし、何より鈴木主任にとって、私は妹みたいな存在なんでしょ？　それに〝綺麗だ〟って言ってくれた。もうそれだけで充分だよね。

まだ胸は痛むけれど、今後もうまくやっていけるはず……自然とそう思えた。


昼休み。神さんに昨夜のお礼が言いたくて、普段滅多に訪れない二階の営業部に足を踏み入れると、真っ先に気づいてくれたのは亜紀だった。

「え、ちょっと美月ってば、何⁉　どうしちゃったわけ、その格好‼」

私の姿を見るなり、目を丸くさせて駆け寄ってきた。

「ちょっとそんなに見ないでよ。恥ずかしいじゃない」

居心地が悪くなって訴えるも、「見て当たり前じゃない」と亜紀は反論してきた。

「何よ、どういう風の吹き回し？　急にオシャレしちゃって」

「いや、これにはちょっと事情があって……」

何から説明したらいいのか迷い、言葉を濁してしまう。

「あとで詳しく話すから。……それでさ、神さんって今は外出中？」

亜紀越しに営業部内のオフィスを見回すけれど、彼の姿が見当たらない。

「え、なんで今さらここで恭様？」

さっきよりも驚いて目が点になっている亜紀は、声を潜めて尋ねてきた。

「それも含めて今度ゆっくり話します。……で、神さんは？」

亜紀は「絶対よ」と念を押すと、オフィス内にあるホワイトボードを確認する。

「確か、今日は終日外回りだったと思うけど……うん、やっぱりそうだ」

「……そっか」

そうだよね、ホテルを出た時間も早かったし。

けれど、ここに来れば会えるかも……と思っていた分、がっかりしてしまった。

あからさまに落胆してしまっていると、亜紀は疑いの目を向けてきた。

「ちょっと何があったわけ？　頭がついていかないんですけど。それとも何？」

亜紀は私にしか聞こえないように、耳元でそっと囁いた。

「冴えない眼鏡よりも、恭様のことが好きになっちゃったとか？」

「なっ……！　そんなわけないからっ」

すぐに否定するも、亜紀はからかうようなニヤニヤ顔のまま。

「え〜、だってそう思っちゃうじゃない？　あんなに毛嫌いしていたくせに、オシャレして恭様を訪ねてきたんだもの」

「だからそれはっ……！」

「はいはい。とりあえず恭様は今日戻らないと思うけど、あんたが訪ねてきたことはしっかりと伝えておくからね」

とんでもないことを言いだした亜紀に、ギョッとしてしまう。

「そんなことしなくていいからっ！　また明日来るから。本当にやめてよね⁉」

必死にお願いするけれど、亜紀には伝わっていない様子。

「照れなくていいから。あっ、悪いけど、これから打ち合わせで出ないといけないの。また今度、時間がある時に詳しく聞かせなさいよね」

「それはわかってるけど、本当に余計なことしないでよね？」

「わかったってば。じゃあね〜」

手をひらひらさせ、自分のデスクへと戻っていく亜紀。

本当かな？　不安が残りつつも、営業部をあとにした。

午後の勤務時間もいつも通り過ぎていき、鈴木主任に頼まれた書類のコピーを取りながら、いろいろと考えてしまっていた。

現実なんてこんなものだよね。失恋しようが、不幸のどん底に落とされようが、日々の生活は当たり前のように過ぎていく。大切なのはそうなった時、どう踏ん張るかということだ。

昨日、感情の赴《おもむ》くまま鈴木主任に気持ちを伝えなくてよかった。もし伝えていたら、今までの穏やかで何げない日々さえ、失ってしまっていたかもしれないもの。

今日、いつものように出勤できたのは、優しくしてくれた神さんのおかげだと思う。だからこそ、早く謝ってお礼を言いたいんだけどな。亜紀に、明日の神さんの予定も聞いておけばよかった。

後悔しつつも、コピーを終えてデスクワークに戻っていった。

定時を過ぎると、次々と席を立ち、退社していく先輩たち。

私も仕事を終え、パソコンの電源を落とした。

庶務課はほとんど残業することはないのだけど、鈴木主任だけは別だ。今日も仕事が終わらず、あたふたしている。

皆が彼に挨拶をして退社していく中、私もまた荷物をまとめて席を立ち、鈴木主任のもとへと向かった。

「鈴木主任は、まだ帰られないんですか？」

「小野寺さん」

話しかけると彼らしく、実に力ない声を出した。

「ちょっとミスしちゃってね。でもあと少しで終わるから、気にせず上がってね」

苦笑いしながら話す鈴木主任は、いつもの彼だ。

自然と、口元が緩やかな弧を描いてしまう。

「鈴木主任も、あまり無理せずに」

「ありがとう。……それと」

彼はそう言うと、少しだけ背伸びをして周囲に聞こえないよう囁くように言った。

「昨日はどうもありがとう。小野寺さんに愚痴を聞いてもらって、スッキリしたよ」

「鈴木主任……」

身体を戻し、ニッコリ微笑む彼に面食らってしまう。

「小野寺さんが困ったことや誰かに愚痴をこぼしたい時は、いつでも言ってね」

大好きな笑顔でかけられた嬉しい言葉に、胸が熱くなっていく。

大丈夫、ゆっくりとかもしれないけれど、きっと忘れることができるはず。

「はい。じゃあ、その時はよろしくお願いします」

つられるように笑顔で返事をすれば、鈴木主任はますます目を細め、顔を綻ばせた。

しばしふたりで顔を見合わせ、笑い合っていると、遠くから駆け寄ってくる足音が聞こえてきたかと思うと、庶務課のドアが勢いよく開かれた。

突然響いた大きな音に、残っている皆が一斉に視線を向ける。

「よかった、まだいて」

全員が注目する人物は、私の姿を目で捕らえると、安心したように肩を下ろした。

「え……神さん?」

今日は戻らないと聞いていた神さんが突然現れたものだから、びっくりしてしまう。

そんな私を見た彼は、どこか満足げに微笑むと、迷うことなくこちらに歩み寄ってきた。そして私の一歩手前で立ち止まると、なぜか食い入るように見つめてくる。

「うん……なかなかいいんじゃないか? まぁ、美月ならなんでも似合うと思っていたけど」

「……え」

サラリと言われた殺し文句に口を開けたまま、彼を凝視してしまう。

すると神さんは、唖然としている鈴木主任を見据えた。

「彼女、まだ仕事が残っていますか？」

突然現れた次期社長の神さんに声をかけられ、鈴木主任は面白いほど慌てだした。

「えっ‼　そんなまさか……っ！　小野寺さんはもう帰るところです、はい‼」

まるで子供のように元気よく返事をした鈴木主任に、神さんは必死に笑いをこらえている。

「そうですか、じゃあ彼女を連れていっても大丈夫ですか？」

「もちろんです！　ごっ、ごめんね小野寺さん、気づかなくて！　今日はデートだから、おめかししていたんだね」

「いいえ、そういうわけではっ――」

否定する間もなく、神さんは私が手にしていたバッグを素早く取ると、ギュッと私の手を握りしめた。

「すみません、ではお先に失礼します。遅くまでお疲れさまです」

神さんは残っている先輩たちに微笑み、軽く頭を下げると、私の手を握ったまま歩きだした。

「え、ちょっと神さん⁉」

「早く会社を出よう」

もつれそうになる足で必死についていく。

退社時刻ですれ違う社員たちは、皆信じられないものでも見るように、私と神さんに視線を送ってくる。

「俺に話があったんでしょ？　悪かった、せっかく訪ねてきてくれたのに不在で」

亜紀め……！　あれほど念を押したというのに。

亜紀の舌を出しておどける顔が、脳裏に浮かんだ。

「会社じゃ、美月も話しにくいだろ？　だから早く出よう」

「それはそうですけどっ……！」

ん？　ちょっと待って。さっきから神さん、私のことを〝美月〟って呼んでない？

あまりに自然すぎたので、今まで気づかなかった。

階段を一気に駆け下り、エントランスを抜けていく神さん。

ついていくだけで精一杯の私は、息があがってしまっていた。

会社の駐車場に来ると、神さんは黒色の高級車の前で立ち止まり、素早くロックを
解除して、助手席のドアを開けてくれた。

「走らせて悪かった。……どうぞ」

息を整えながらも、言われるがまま乗るわけにはいかない。

流されるようについてきてしまったけれど、車という密室空間でふたりきりになるのには抵抗がある。

「あの、すみませんが――」

やんわり断ろうとしたものの、神さんがすぐに声を被せてきた。

「俺に話があるんでしょ？　俺も美月に話があるから、乗ってほしいんだけど」

一瞬戸惑ってしまったものの、昨夜のこともあるし、ドアを開けて待ってくれている神さんを前に、『嫌です』とは言えない雰囲気だ。やっぱり昨日のこと、ちゃんと話したいし。

「えっと……失礼します」

覚悟を決めて助手席に乗り込むと、神さんはドアを閉め、運転席に乗り込んだ。

「とりあえず出るね」

「あっ、はい」

神さんはエンジンをかけると、すぐに発車した。

車を走らせること約十分。車内には洋楽が流れているものの、神さんはもちろん、私も口を開くことなく静かだ。

緊張する中、一体どこに向かっているのか気になってチラッと右を向けば、運転に集中している神さんの横顔が目に飛び込んでくる。

最初からカッコいいと思っていたけれど、車を運転する姿はさらに素敵に見えてしまう。

緊張も次第に解けていき、冷静になればなるほど不思議な気分だった。

周りがどんなに騒ごうが、神さんにどれほど気に入られようが、彼に興味を抱くことは一切ないと思っていた。それなのに、今、こうして彼が運転する車の助手席に、素直に乗ってしまっているなんて。

昨夜のことがあったからだろうか。醜態をさらけ出してしまったから？　泣いてしまったから……？

いろいろな思いが頭を駆け巡る中、着いた先は都内の有名な夜景スポット。

神さんは車を停めると、素早く助手席に回り込み、紳士的にドアを開けてくれた。

「どうぞ」

「……すみません」

こんな扱いをされたことがなく、どんな顔をすればいいのか戸惑ってしまう。

「美月、こっち」

それに、この名前呼び。どうしていきなり？

謝りたいし、お礼を言いたい。そして聞きたいことがたくさんある。

神さんのあとをついていくこと数分、着いた先は夜景が一望できる公園だった。さすがは都内有数のデートスポット。訪れているのは恋人たちばかりだった。

もしかしたら私と神さんも、周りからそう見られているのだろうか？

神さんは近くにあったベンチに腰かけ、私に隣に座るよう、手で示した。

えっ！　隣ですか⁉　もちろん、立ったままでは話せないけど……。

ためらってしまうものの、このまま立ち尽くしているわけにはいかない。

少しだけ距離を空けて隣に腰かけると、神さんから笑い声が漏れる。

「そんな警戒しないでよ。昨日だって、何もしてなかっただろ？」

「それ、はっ……！」

顔を覗《のぞ》き込みながら囁かれた言葉に、頬が熱くなっていく。

そんな私を見て、神さんはますますおかしそうに笑うばかり。

「ごめん、ごめん。……ちょっとくらい、からかわせてよ。昨日は美月に、散々迷惑かけられたんだから」

おどけるようにそう言われてしまい、何も言葉を返せなくなる。

「昨日は本当にご迷惑をおかけして、すみませんでした」

深々と頭を下げて謝罪すると、神さんは微笑んだ。

「冗談だよ。むしろ美月の意外な一面が見られて、嬉しかった」

顔を上げれば、優しい眼差しを向けてくる神さんと視線がかち合う。

「泣いている美月も、酔っている美月も可愛かったよ」

「……っ」

愛しそうな眼差しで甘い言葉を紡《つむ》ぐ彼に、身体中の熱が顔に集中していき、いたたまれなくなる。

ただ『可愛い』って言われただけなのに、どうしてだろう？

神さんの甘い視線から逃げるようにうつむき、お礼を言う。

「あのっ！　その……昨夜は、あのあとの記憶がありませんでして。……本当にありがとうございました」

彼は穏やかな声色で「本当に気にしないで」と囁いた。

「どうして泣いていたかはあえて聞かないけど、これだけは教えて。……少しは気持ちが軽くなった？」

そう言われて、顔を上げてしまう。

神さんは私に目を向けたまま「ん？」と聞いてくる。

その仕草《しぐさ》にドキッとしつつも、平静を装い「はい」と返すと、彼は安心したように息を漏らした。

「そっか、ならよかった。ごめんな、今朝は置き去りにしちゃって。今日は日帰りで出張が入っていたから」

そうだったんだ。……ん？　ちょっと待って。

「もしかして、私に会うためにわざわざ会社に戻ってきてくれたんですか？」

ふと疑問に思い、聞いてしまったものの、すぐに後悔してしまう。

だってこんなの、ちょっと自惚れ発言じゃない？

あたふたしてしまう私に、神さんはすぐに肯定するように頷いた。

「そうだよ。美月に会いたい一心で、早く切り上げて戻ってきたんだ」

「え？」

神さんは真剣な表情で、私を見据えてくる。

「それと伝えたくて」

前置きすると、神さんはそっと私の手を握りしめ、話を続けた。

「半月前にハッキリ言われちゃったけどさ、俺はやっぱり美月のことを諦められそうにないって」

　トクンと胸が鳴ってしまった。

　握られた手から伝わる熱と、澄んだ瞳。とても冗談を言っているようには見えない。

「あそこまで言われたから、キッパリ諦めようと思ったんだ。けれど社内で美月のことを見かけるたびに、気になって仕方がなかった。そして昨日、泣いている美月を見て改めて気づいたよ。……俺は美月のことが、どうしようもなく好きなんだって」

　彼の告白に、目を見張ってしまう。

だって誰が想像できる？　私、あんなにハッキリと断ったのに……。

　ギュッと唇を噛みしめてしまう。

「たとえ美月に好きな人がいて、俺に全く興味がなくても、簡単には諦められないんだ。……いや、絶対諦めない」

「……どうして私なんですか？」

　嘘じゃないとわかっていても、聞かずにはいられなかった。真剣だって伝わってくるからこそ、聞きたい。

　神さんなら、ほかにいくらでも相手がいるでしょ？　それこそ、私なんかよりもっとふさわしい人が。

震《ふる》える声で問いかけると、神さんは頬を綻ばせ、少しだけ首を傾げた。

「それを聞かれると、うまく伝えられないんだけどさ。……でも美月を好きになって思ったんだけど、恋愛ってそういうものじゃないか？」

「え？」

「気づいたら、たまらなく愛しい存在になってるってこと。人を好きになるのに理由なんていらないと思う。むしろ理由を並べれば並べるほど、嘘っぽく聞こえないか？」

それは……ちょっぴり頷ける。

妙に納得してしまう中、神さんは話を続ける。

「強《し》いて理由を挙げるとすれば、放っておけないから、かな？」

「『放っておけない』……ですか？」

意外な理由に、彼をガン見してしまう。

すると神さんは、ふわりと笑った。

「そ。……見ていて健気に思う時がある。無理に頑張っていたり、どことなく寂しそうにしていたり……そんな美月のことが、気になって仕方ないんだ」

どうしよう、目頭が熱くなる。

嬉しかった。私のことを理解してくれている気がして。

観察力が鋭い亜紀にさえ、こんなことを言われたことはなかったのに。どうして神さんは、気づいてくれたのかな？

意味もなく悲しくなる時がある。無理して仕事を頑張っている時もある。

「だからもう一度言うけど、美月のことを諦めるつもりはないから。……覚えておいて。俺は本気で好きになった女しか、下の名前で呼ばない主義だって」

甘く囁かれると同時に、さらに強い力で手を握られ、胸がキュッと締めつけられてしまった。

何も言えないよ。胸が苦しくて、言葉が出てこない。

神さんのことなんて、全く興味がなかった。それなのに、なぜだろうか。ドキドキさせられて、見つめられると金縛りにあったように目を逸らせない。

そして少しだけ〝神 恭介〟という人間を、もっと知りたいと思ってしまっている。

「とりあえず美月、今度の週末にデートしないか？」

「え、デートですか？」

「そ。昨夜の宿泊代や今着ている洋服代は、デートしてくれれば全部チャラでいいよ」

ニヤリと笑って駆け引きに出た神さんに、口をあんぐり開けてしまう。

「もちろん、美月は断ったりしないよな？」

確信めいた目で見る彼に、唇を噛みしめてしまう。

「ズルい人ですね、神さんって」

苦し紛れに言うものの、彼は全くこたえていない様子で、さらに私の動揺を誘うように言ってきた。

「ズルくないと、美月の心は手に入らないから」

隣に座る彼は勝ち誇ったように、そしてどこか嬉しそうに笑っている。

その姿に、なぜか胸がキュンと鳴ってしまった。

神さんなんて、恋愛対象外のはずなのに……昨日から何？　私ってば弱っている時に優しくされたら、誰にでもコロッといっちゃうような女なの？

私が内心慌てているのを知る由《よし》もない神さんは、「絶対振り向かせてみせる」と宣戦布告してくる。

強気な彼に戸惑いつつも、思い出してしまうのは、顔も知らない父親のこと。

神さんだっていずれ会社のために、立場に見合った人と結婚するに決まっている。

それなのに、デートの誘いを最後まで断れなかったのは……私の神さんに対する気持ちが、確実に変わりつつあるからだった。

なぜですか？

「ちょっと待って。少しだけ頭の中を整理する時間をちょうだい」

そう言って、亜紀はまるで某テレビドラマの警察官のように、眉間に手を当ててうなりだした。

神さんから再び告白された三日後の金曜日。仕事帰りに亜紀とやってきたのは、オシャレなカフェレストラン。

神さんと手を繋《つな》いで退社したことは、またたく間に社内中に広まってしまった。当然亜紀の耳にも入り、『この前のことも併せて話しなさい』と言われてやってきたのだ。

けれど、いざすべてを話すと、彼女は頭を抱え込んでしまった。

それも無理ないよね。亜紀の知らないところで、急展開を迎えていたのだから。

頼んだオムライスを食べながら、亜紀の頭の中が整理されるまで待つこと数分。彼女が勢いよく顔を上げたものだから、手にしていたスプーンを落としそうになった。

「び、っくりしたぁ。何よ、いきなり」

バクバクとうるさい心臓を鎮めながら問いかけると、亜紀は恐る恐る尋ねてきた。

「つまり、美月はあの冴えない眼鏡のことはキッパリ諦めて、今は恭様に惹かれ始めてるってこと？」

あまりに端的な言い方に、すぐに反論に出る。

「全然違うから！　……正直、まだ鈴木主任のことは好きだし。もちろん、気持ちは前向きになってはいるけどね」

「え～だからそれは、恭様に惹かれているからでしょ？」

「どうしてそうなるのよ！　私の話、ちゃんと聞いてた⁉」

頑《かたく》なに自分の意見を曲げようとしない亜紀に、鋭いツッコみを入れてしまう。

「もちろん聞いてたわよ。でもその通りでしょ？　少なくとも美月の中で、気持ちの変化があったのは間違いなさそうだし」

何もかも見透かしたように言う亜紀に、どこに視線を向けたらいいのかわからなくなり、目を泳がせてしまう。

「それにしても、恭様ってばすごいわね。美月がボロボロになっているところに、タイミングよく現れちゃうんだから。それに何？　寝ちゃった酔っ払いのあんたに何もせずに、一流ホテルに泊まらせてくれた挙句、モーニングコールに朝食、着替えにメイクさんの手配だと？　あんた、どれだけ恭様に愛されちゃってるのよ」

早口でまくし立ててきた亜紀に、頬が熱くなる。

「そんなこと、ないし」

「バカね、今さらそれは通用しないからね！　ハッキリ『好き』って言われたくせに」

そう言うと、亜紀は深いため息を漏らした。

「そこまで恭様に言わせておいて、いまだに冴えない眼鏡を想っているあんたの神経が計り知れないわ。……まぁ、それも恭様のもうひと頑張りってとこだろうけど」

確信しているようにニヤリと笑う亜紀から、目を逸らす。

神さんからの告白は、衝撃的だった。

あそこまでキッパリ断ったのに、それでも私を好きって言ってくれたこと。そして何より、私のことを理解してくれているような言葉。

あのあと、神さんは食事に誘うこともなく、家の近くまで送り届けてくれた。そして帰り際、『デートのことで連絡取りたいから』と押し切られてしまい、連絡先を交換したのだ。

その日の夜、早速電話がかかってきた。

最初は何を話したらいいのかわからなかったけれど、神さんは饒舌で他愛ない話をしてくれて……気づいたら会話を楽しんでいる自分がいた。

三日前から今日もずっと、朝からメールでやり取りしている。

「ん？　美月のスマホ光ってるよ」

「え、あっ本当だ」

テーブルに置いていたスマホを手に取って見ると、神さんからだった。

【榊原さんによろしく。楽しんで。それと明日、十時に迎えに行ってもいい？】

男の人らしい、絵文字のないメッセージ文。

それが新鮮で、送られてくるたびに、まじまじと眺めてしまっていた。

「え、なになに～？　もしかして恭様からとか？」

「えっ！　いや、その……うん」

ドキッとしつつも、亜紀に嘘はつけないと思い認めると、彼女は目を丸くさせた。

「嘘っやだ、本当に⁉　何よ～、メールまでする仲なの？」

「まぁ……。実はその、お詫《わ》びも兼ねて明日、神さんと出かけることになっていて」

しどろもどろになりながらも伝えると、亜紀は目を見開いた。

「何よ、それ‼　だったら、もっと早く言いなさいよね！　そんなことなら明日着ていく洋服、一緒に選んであげたのに」

「えっ、いいよ！　家にある物でなんとかなるだろうし」

第一、『気合い入れてきました！』みたいに思われちゃったら嫌だし。

けれど亜紀は身を乗り出して、興奮ぎみに話しだした。

「バカ美月！　初デートに適当な服装で行くなんて、女として終わっているわよ？　せっかくなんだから、恭様に『可愛い』って思われないと！　よし、今日は美月の家に泊まらせてもらうから」

「えっ⁉」

突然の提案に、ギョッとしてしまう。

「美月を完璧に仕上げて、明日、恭様とのデートへ送り出してあげる」

「えぇ～、いいよ、そこまで。服はちゃんと選んで行くし」

やんわり拒否するも、ギロリと睨まれてしまった。

「いいから、私に任せておきなさい！　少しくらい、世話焼かせなさいよね。親友として、美月の新しい恋のチャンスをアシストしたいのよ」

亜紀……。

「そうと決まれば、さっさと美月の家に行こう！　やることはいっぱいあるんだから」

そう言うと、残りの料理を慌てて食べだした。

そんな亜紀を前に口元が緩みつつも、心の中で『ありがとう』と囁き、私も残りの料理を食べ進めた。

その日の夜、亜紀は久し振りに私の家に泊まり、夜遅くまで着ていく洋服のコーディネートをしてくれた。そして仮眠程度に睡眠を取り、朝の六時には私を叩き起こして、メイクやヘアセットまで亜紀の納得がいくまで仕上げてくれたのだ。

「うん、これなら恭様も絶対『可愛い』って言うはずだよ。……いや、『綺麗』かもしれない」

私を見て満足げに頷く亜紀だけど、少し心配になる。

「ねぇ、本当に大丈夫かな？　なんか、変に気合い入れすぎって思われたりしない？」

不安になって問いかけるも、亜紀は「変じゃないから！」と言ってきた。

「美月はもともと美人なんだから、ますます磨きがかかった感じ。かまえずにさ、純粋にデートを楽しんできたら？　デート自体、久し振りなんでしょ？」

「……うん」

亜紀の言う通り、男の人と出かけるのは大学生の時以来だ。

「だったら素直に楽しんでこなくっちゃ！　『楽しかった』って報告聞くの、待ってるから」

ニッコリ微笑む亜紀に、胸の奥が熱くなってしまう。

「亜紀、ありがとうね。いろいろやってもらっちゃって」

仕事で疲れているはずなのに泊まってくれて、今日の朝だって早くから一緒に準備してくれて。

すると亜紀は一瞬驚いたものの、照れ臭いのか「何よ、今さら」なんて言いながら、私の背中をバシバシと叩いてきた。

「それじゃ、私は帰るから。また月曜日にね」

逃げるように、荷物を手に玄関へと向かう亜紀。

「うん、本当にどうもありがとう！　気をつけて帰ってね」

慌てて見送ろうとあとを追いかけたけれど、彼女は勢いそのままに帰っていった。

バタンとドアが閉まった音が、虚しく響き渡る。

まるで台風のように去っていった亜紀に、笑みがこぼれてしまう。

亜紀って言いたいことはズバズバ言うくせに、感謝されたりするのが苦手なのか、さっきみたいに逃げちゃうんだよね。そこが亜紀らしいといえば、亜紀らしいけど。

リビングへ戻って時計を見ると、時刻は九時半前。

神さんとの約束は十時だから、しばらくゆっくりしておこう。

そう思った時、スマホが鳴りだした。

「誰だろう。もしかして亜紀？　忘れ物でもしたのかな？」

独り言を呟きながら手に取って確認すると、相手は神さんからだった。

え、神さん？　どうしたんだろう。まさか今日行けなくなったとか？　不安に襲われながらも、恐る恐る電話に出た。

「も、もしもし……」

『おはよう、美月』

電話越しに聞こえてきたのは、神さんの穏やかな声。

『悪い、思った以上に早く着いてしまって』

「え、もうですか？」

窓の外を覗くと、アパートの前に見覚えのある車が停車していた。

「よく家がわかりましたね」

告白された日に送ってもらったのは、家の近くまでだった。だから神さんが近所まで来たら、私が外に出ることになっていたのに。

不思議に思っていると、神さんはすぐにその理由を話してくれた。

『さっきそこで榊原さんと会って聞いたんだ。美月なら準備を終えて、そわそわしながら待っていますから、早く行ってあげてくださいって』

なっ……！　亜紀ってば、余計なことを……！

あとで文句言わないと……と考えていると、再び神さんの声が聞こえてきた。

『準備終わっているんだよな？　下で待っているから、慌てずに来て』

聞いているほうが恥ずかしくなってしまうほどの、優しい声色。

「あ、わかりました。戸締まりだけしてすぐ行きます」

『うん、待ってるよ』

耳をくすぐる彼の『待ってる』という言葉に、顔が熱くなってしまった。電話を切ったあと、胸に手を当てれば、心臓が驚くほど速く波打っている。

興味なかった人なのに、なんでこんなにドキドキさせられちゃっているのよ。今日はこの前、迷惑かけたお詫びで一緒に出かけるだけ！

何度も自分に言い聞かせ、出かける準備に取りかかった。

外に出ると、私に気づいた神さんはわざわざ車から降りてきてくれた。

「おはよう、美月」

「おはようございます」

今日の神さんの服装は、白いシャツにグレーのジャケット。黒のチノパンとスニーカーというラフなスタイル。いつもスーツだから新鮮で、つい眺めてしまっていると、彼も同じようにまじまじと私を見ている。

「あの……神さん？」

名前を呼ぶと、彼は嬉しそうに頬を緩めた。

「榊原さんから聞いてたけど、本当に今日の美月、綺麗だなって思って。よく似合ってる。服もメイクも髪型も。……惚れ直すくらい」

相変わらずストレートな言葉に、たじろいでしまう。

「じゃあ、行こうか」

「はっ、はい、よろしくお願いします」

この前のように、助手席のドアを開けてくれた。

慣れないエスコートに戸惑いつつも乗り込むと、神さんはすぐに車を発進させた。

「あの……どこに向かっているんですか？」

「それは、着いてからのお楽しみ」

ちょうど信号が赤に変わり、神さんは眩しいくらいの笑顔を向けてきた。

「きっと、美月も満足できるところだと思うよ」

「そう、ですか。それはわくわくします」

慌てて前を見据え、返事をするのがやっと。

本当に、私ってばどうしちゃったのかな。

青信号に変わり、運転に集中している神さんの横顔を盗み見てしまう。

『好きな人は?』って聞かれたら、やっぱりまだ『鈴木主任』と答えてしまうと思う。気持ちはそう簡単に消えてくれないし、今だって鈴木主任がいよいよ結婚しちゃうと思うと、悲しいし切ない。

でも、なんでかな? 神さんのことも気になってしまう。彼のことをもっと知りたいと思ってしまうんだ。

その後、神さんと会話を楽しみながら、車に揺られていった。


「ここ、ですか?」

「そ、ここ」

あれから高速に乗り、車を走らせること約一時間。

やってきたのは、最近リニューアルオープンしたばかりの水族館だった。

てっきりこの前の食事場所のような、ちょっとお堅い美術館とかに行くのかな？と勝手に予想していたから、驚きを隠せない。

「もしかして水族館って、あまり好きじゃなかった？」

立ち尽くす私の顔を、心配そうに覗き込んでくる神さん。

「いいえ、そういうわけでは……！　ただ、ちょっと意外だなと思いまして」

正直に話すと、神さんは目を泳がせて困ったように頭をかいた。

「いや、ほら……。この前美月に言われただろ？　俺の価値観を押しつけるなって」

嘘、もしかしてそれで水族館に……？

「だから、女性が喜びそうなデートスポットを片っ端から調べてさ。ここがいい、ってネットに書き込みがたくさんあったから」

バツが悪そうに話す姿に、不覚にもキュンとしてしまった。

何それ、今頃そんな配慮をしてくれるなんて、ズルい。

まじまじと神さんを眺めていると、私の視線に耐え切れなくなったのか、彼は少し乱暴に私の手を取り、歩きだした。

「早く行こう」

神さんは前を見据えたまま、早足で入口に向かうばかり。そんな彼の頬や耳は、ほんのり赤く染まっていた。今度は照れているようだ。

意外すぎる彼の一面に、心臓を鷲《わし》づかみされたように苦しくなる。

神さんって年上だし、もっと余裕のある人だと思っていた。最初に声をかけてきた時だって軽かったし。それなのに、今の神さんは……？

余裕なんて、とてもじゃないけれどあるようには見えない。でも、そのほうがいいとさえ思えてしまった。

それから始まった、神さんとの水族館デート。

「美月、ほら見てみろよ。マンボウがいる」

「これ知ってる！　あれだろ？　映画に出ていた魚」

イメージを覆すように神さんの目が輝いていて、一緒に観賞しながらも、彼の表情に何度も目が釘付けになっていた。

「もしかして神さん、水族館に来るの久し振りだったりします？」

売店で購入した飲み物を片手に、ベンチで休憩している時、気になって聞いてみると、神さんは恥ずかしそうに首の後ろに手をやった。

「いや、久し振りっていうか……初めてだったりする」

「初めてですか⁉」

思わず声をあげてしまった。

「両親は忙しい人だったからさ。こういうところに連れてきてもらったことはないんだ。遊園地も高校生になってから、友達と行ったのが初めてだったよ」

「……そうだったんですか」

それなら、さっきまでの神さんの言動に納得できてしまう。

「だから子供の頃は、周りの友達がうらやましかった。皆は俺の家のほうがうらやましいって言うけど、『どこが?』って感じだったよ。両親と毎日食事をともにして、休日はどこかに連れていってくれたり、遊んでもらったり。そういうこと、してもらったことがないからさ」

昔の苦い記憶を思い出しているのか、神さんの飲み物を持つ手の力が強まった。

「悪い、変な話して。続きを見に行こうか」

ハッとしたように笑顔を取り繕《つくろ》い、立ち上がった神さん。

思わずポロッと出てしまったのだろうか。神さんはさっきの話、聞かなかったことにしてほしいのかもしれない。

でも……。

「あの、神さん」

「ん?」

座ったまま見上げれば、神さんは『どうした?』と言いたそうに首を傾げる。

『神さんの気持ち、わかります』なんて言葉は軽率だろうか。なんとなく幼い頃感じた寂しさや、普通の家庭に憧れる気持ちは同じだったんじゃないかなって思うの。私も幼い頃、周りの友達がうらやましかった。

「美月、どうしたんだ? もしかして疲れた?」

何も言わない私に神さんも再びベンチに腰かけ、心配そうに私の様子を窺ってきた。

「いいえ、その……」

頭をよぎった言葉を、グッと呑み込んだ。

『お前に何がわかるんだ?』って嫌な思いをさせてしまうかもしれない。だったら、私に言えることはこれだけ。

「私も水族館、久し振りに来たのですごく楽しいです。なので残りも目一杯、楽しみましょう」

神さんにとって初めての水族館。少しでも楽しかったと思ってもらいたい。

笑顔で伝えると、神さんは口元を緩ませた。

「じゃあ、とことん付き合って。遠慮なく楽しませてもらうから」

そう言うと、彼は私の手を取った。

その後、残りの展示物とイルカやアシカのショーを堪能した。

水族館を出た頃には、十三時を過ぎていた。

「やべ、だいぶ長い間、水族館満喫しちまったな。悪い、お腹空《す》いたよな？」

手を繋いだまま駐車場へ向かう中、神さんは腕時計で時間を確認すると、申し訳なさそうに謝ってきた。

「いいえ、大丈夫ですよ。それに楽しかったですから」

本当に楽しかった。こうやって今も手を繋いでいることも、気にならないほど。

「そっか、ならよかった。じゃあ遅くなってしまったけど、お昼にしよう」

「はい」

安心したように微笑む神さんにつられるように、私も笑みをこぼしてしまう。

「食べるところ目星つけておいたんだけど、そこでもいい？」

そう言って連れてきてもらったのは、水族館から車で十分ほどの距離にある、地元では有名らしいオープンカフェ。

何度かテレビにも紹介されたことがある店のようで、さすがは人気店だけあって行列ができていた。

「マジかよ、こんなに並んでいるとは……」

予想外だったのか、神さんは足を止めて唖然としている。

「悪い、人気の店ってだけで来ちゃったけど、ここまで並んでいるとは思わなくて」

謝ってきた神さんに、キョトンとしてしまう。

「え、大丈夫ですよ。人気店ならこれくらいの行列は覚悟のうえです。早く並びましょう」

「あっ、あぁ……」

急《せ》かすように行列の最後尾に並ぶと、神さんは不思議そうに尋ねてきた。

「美月はさ、嫌じゃないの？　こんなに並ぶのとか」

恐る恐る問いかけてきた神さんに、すぐに答えた。

「全然です。それに並んで待って食べた分、美味しさも倍増するじゃないですか」

よく休日に、亜紀と買い物やランチに出かけている。せっかくだから、と毎回有名店に並んで食べているけれど、その時間も楽しいひと時だ。

「待つ時間も大切ですよ」

そんな思いから出た言葉だったけれど、神さんは終始驚きっぱなし。目をパチクリさせて、『信じられない』とでも言いたそうに私を見てくる。

「そっか。……そういうもの、なんだな。なんか目から鱗《うろこ》」

「え、何がですか？」

聞くと少し進んだ先で、神さんは理由を語りだした。

「また昔の話になっちゃうけど、両親に『時間は有効に使え』って散々言い聞かされてきたからさ。食事だってそうだ。家族でたまに外食に行っても、予約できるところだけ。だからこれも初めて。……食事するのに並ぶのとか」

無邪気に頬を緩める彼に、また胸がキュッと締めつけられてしまう。

「そっ、そうなんですか」

慌てて目を伏せるも、胸の高鳴りは収まってくれそうにない。

「今日は初めての体験ばかりで楽しいよ。……美月と一緒だから、余計に」

お願いだからやめてほしい。これ以上、ドキドキさせるようなことを言わないで。

その後、どうにか鼓動を落ち着かせて並ぶこと約二十分、ようやく入店できてふたりで料理を美味しくいただいた。

それから神さんのエスコートのもと、映画を見て、夕食はオシャレなフレンチレストランへ連れていってくれた。

この前のような敷居が高い店ではなく、カジュアルな服装でも入れるようなところで、緊張することなく食事を堪能できた。

食後に運ばれてきたコーヒーを啜《すす》っていると、神さんがおもむろに口を開いた。

「今日は付き合ってくれて、ありがとうな。……すごく楽しかった」

嬉しそうに面と向かって言われると、照れ臭くなり、妙にかしこまってしまう。

「いいえ、こちらこそありがとうございました。酔い潰れた時のお詫びのはずなのに、奢っていただいてしまって……」

お礼を言うのは私のほうだ。手にしていたカップをそっと置き、神さんと向き合う。

店内に心地よいクラシック音楽が流れる中、彼は話を続けた。

「気にしないで、それに俺が無理やり誘ったんだし。本当に満喫できたよ。新しい発見だらけだった。今までずっとデートはさ、自分が好きなところばかり行っていたけど、違うよな。お互い満足できないと意味がない。それに気づけたのも、美月のおかげだよ」

「そんな……」

真面目な顔の彼に恐縮してしまう。ふと亜紀が以前言っていた言葉が頭をよぎった。

『人間なんて皆、いくつもの顔を持っているものなんだから。あまり他人には見せない顔だってあるだろうし、深く付き合わないと、その人の本当の姿を知ることはできないんじゃないの？』

『人を噂や表面だけで、判断しないことね』

亜紀の言う通りだ。私は見かけと勝手に持っていた偏見で、神さんを判断していたから。本当の神さんは、違ったのに……。

これまでの浅はかで失礼な自分の言動を、今さらながら反省する。

「神さん、あの……いろいろとすみませんでした」

「え、何？　急に」

クスクスと笑い、コーヒーを啜る神さん。

「だって私、神さんに散々ひどいことばかり言ってたじゃないですか。……それなのに怒っていないのかな、と思いまして」

気になって問いかけると、神さんは首を横に振った。

「怒るわけないだろ。むしろ新鮮だった。何かと気づかされることばかりだったしな」

ますます頬を緩ませる神さんに、顔が熱くなってしまう。

「正直、いつも気を張ってた。周囲が俺に抱くイメージがなんとなくわかるから、それを壊しちゃいけないって思って。……会社で〝恭様〟って呼ばれていることも知ってるよ」

そう言うと、苦笑いする神さん。

「俺なりに関東営業所でも、イメージ通りに過ごせていると思ってるんだけど」

「それは、はい」

神さんは皆の憧れの御曹司様だ。彼自身に魅力があると思う。神さんのことを少しだけ知れた今、なおさらそう思ってしまうよ。

「そっか、なら安心だ。これでも跡取りだからさ。社員に嫌われている社長じゃ、話にならないだろ?」

「そう……ですね」

今日一日があまりに楽しかったからか、現実に引き戻された気分だ。

神さんは御曹司様……今は研修中だけど、いずれ社長の椅子に座る人なんだよね。

本当は、私なんかが気軽に話せる人じゃないんだ。

なぜか気持ちが沈んでしまう中、神さんは探るような目で私を見て、ゆっくりと言葉を選ぶように問いかけてきた。

「以前に美月が言っていただろ? 俺に興味はない、好きになることは絶対にあり得ないって。……それってさ、何か理由があるんじゃないか?」

「それは……」

「美月が人を上辺だけで判断するようには、見えないんだけど。……違う？」

『違う？』と聞いているくせに、どこか確信めいた目を向けてくる彼に、ゴクリと唾を飲み込んでしまう。どうして神さんは、私のことをここまで理解してくれるのだろうか。ここで否定しても、ますます追及されそうな気がして白旗を上げた。

「神さんって、よく気がつく人ですね。……最近驚かされています」

認めると、神さんは苦笑いしながら頬をかいた。

「美月に対してだけだよ。好きな人の一番の理解者でいたいから。……見事に当てたから、美月の話を聞かせてくれる？」

優しい声色で問いかけてくる。無理強いすることなく、私のペースでいいから話してほしいというように。

話すべきか迷ったけれど、神さんだって苦い過去の話をしてくれたもんね。それに神さんなら、亜紀のように最後まで話を聞いてくれるはず。

たった数日で、あっという間に変わってしまった彼への気持ちに驚きつつも、ゆっくりと自分の生《お》い立ちを話していった。

「……悪かったな、つらい話をさせてしまって」

相槌だけ打ち、黙って最後まで聞いてくれた神さんが、真っ先に口にしたのは謝罪の言葉だった。

「いいえ、そんな。……私が勝手に話しただけですから」

『私が神さんを好きになることは、絶対にあり得ませんから』

以前、神さんに伝えたこの言葉の意味を知ってもらうために伝えただけで、決して彼に強要されたわけではない。

「美月が俺だけは恋愛対象にしたくないって気持ち、わかったよ。……だからこそ、言わせてもらってもいいか？」

「……え？」

真剣な面持ちで、私を見つめる神さん。

その瞳に、無意識に背筋が伸びてしまう。

「美月の言う、〝平凡な幸せ〟の定義って何？」

「え……定義、ですか？」

「そう」

首を傾げた私に、神さんはさらに質問してきた。

「どんな人となら、美月は幸せになれるわけ？」

「それは、その……普通の人です！　普通の家庭で育って、仕事をしていて。裕福じゃなくてもいいから、ずっと一緒に笑って暮らせる人。……私のことを一生大切にしてくれる人」

理想の相手を口にしていくたびに、神さんは表情を強張らせた。

「俺は人より恵まれた環境で育ってきたけど、美月を一生大事にするし、ずっと笑って暮らせるようにしてみせるよ」

「でも……」

ハッキリ言われてしまうと、返答に困ってしまう。

今はそんな風に言ってくれるけれど、神さんもいつかは親が決めた人と結婚するんじゃないの？

戸惑っていると、神さんが口を開いた。

「悪いけど、それを聞いても美月を諦めるつもりはないから」

力強い言葉に、心臓が飛び跳ねる。

彼はまっすぐな眼差しを向けてくる。

「言っただろ？　美月のこと、本気だって。……それに美月の父親と俺は違うから。

どんなことがあっても、美月のことを諦めたくないし、キミが俺のことを好きになってくれたなら、何があっても離さない」

揺るぎない想いに、胸がざわつく。

「だから、いつまでも昔の苦しい思いを抱えるなよ。幸せの定義なんて、人それぞれなんだ。……俺を選んでくれたら、美月が死ぬまで幸せにしてやるから。幼少期の思い出なんて上書きしてやる」

「神さん……」

それ以上、言葉が続かなかった。

「まずは美月を振り向かせないとな。でないと有言実行できない」

そう言って笑った神さんに、トクンと胸が鳴り、熱い気持ちが押し寄せてくる。

私が好きなのは、鈴木主任。……けれどこの時、神さんに心を揺さぶられてしまったんだ。恋に落ちる一歩を踏み出してしまった。恋愛対象外だった神さんに。

その後、神さんは自宅まで送り届けてくれて、帰り際、囁くように言った。

「美月に好きになってもらえるまで、頑張らせて」と――。

怖いんです

「おはよう、美月」

「……おはよう、ございます」

朝、出勤する時刻。

今日も神さんは自宅アパート前まで、車で迎えに来てくれていた。

「あの、本当に無理されていませんか？」

運転する神さんに、問いかけずにはいられない。

すると彼は、前を見据えたままクスリと笑った。

「それ聞くの何度目？　俺なら大丈夫だから。むしろ美月に会えないと、仕事へのモチベーションが下がるし」

朝から殺し文句を言ってくる神さんに、言葉が出ない。

神さんと休日デートをした日から、早二週間。

あの日から神さんは、都合がつく限り、こうして家まで迎えに来てくれていた。

仕事で会えない分、朝だけでも会いたいから……と言われて。

関東営業所での神さんの研修は、残すところあと一ヵ月ほどらしい。仕事帰りに二回ほど食事に行った際、神さんが言っていた。今は必死に営業のノウハウを頭に詰め込んでいると。

仕事に対する真摯《しんし》な姿勢も見て取れて、今では尊敬の念も抱いている。

「美月は今日も定時で上がれそうなの？」

「あっ、はい」

会社の駐車場に車を停め、並んで会社へと向かっていると、毎度のごとく出勤中の社員たちからの視線を集めてしまう。

それもあって、つい挙動不審になってしまっていると、前方から走ってきた自転車に気づくのが遅れてしまった。

「っ危ない！」

神さんがすかさず私の肩に腕を回して引き寄せてくれたおかげで、事故をまぬがれ、自転車はブレーキをかけながらも、そのまま走り去っていった。

「危ないな」

小さくなっていく自転車を、どこか怒ったように見ている神さん。

けれど、今の私は怒る余裕など持てない。

「大丈夫だったか？　美月」

至近距離で心配そうに聞いてくる彼に肩を抱かれ、密着した状態なのだから。わずか数十秒の出来事だというのに、あっという間に私の顔は熱を帯びていく。

やっと神さんも今の状況に気づいてくれたのか、こらえ切れなくなったように噴き出すと、すぐに身体を解放してくれた。

「ごめん、ごめん。危ないから美月はこっち」

神さんはいまだに顔が熱い私の腕を引き、歩道の内側へ私を移動させると、満足したように微笑んだ。

「これですぐに美月を守れる」

あぁ、もう何それ。そんなこと言われて、ときめかない人なんていない。

どうして神さんってば、こっちが赤面しちゃうようなことを、いつもサラッと言えちゃうのかな？

「早く行こう、遅刻する」

「はっ、はい」

それからは、胸の高鳴りを必死に抑えながらついていくだけで精一杯だった。

社内では、私と神さんは付き合っていることになっている。もちろん違うけど、これは神さんからの提案だった。『そのほうが嫌がらせとかされないと思うから』って。最初はむしろ、嫌がらせが増えるんじゃないかと心配したけれど、神さんの言う通り、そのようなことは一切ない。皆に嘘をついて申し訳ない気持ちもあるけれど、今まで通り仕事することができていた。


「小野寺さ〜ん、ごめん！　資料室の整理、一緒にお願いしてもいいかな？」

午後の勤務に入って、約一時間。聞こえてきたのは、鈴木主任の頼りない声。

こちらに駆け寄ってきた鈴木主任は、顔の前で両手を合わせて頭を下げた。

その見慣れた姿に、口元が緩んでしまう。

「大丈夫ですよ、今は急ぎの仕事はありませんので」

打ち込んでいたデータを保存して立ち上がると、鈴木主任は顔を綻ばせた。

「ありがとう、助かる‼　悪いんだけど、早速いいかな？」

「はい」

よほど急いでいるのか、足早に歩きだした彼に続き、庶務課をあとにした。

「うわ、これはひどいですね」

「でしょ？」

資料室のドアを開けた瞬間、あまりの惨状に唖然としてしまう。

いつもは綺麗にファイルに閉じられ、棚に保管されているはずの資料が、デスクの上に無残にも散らばっているのだ。

「この前、広報部の人たちが急ぎで資料を探していたら、こうなっちゃったみたいで。今の時期忙しいみたいで整理を頼まれていたんだけど、すっかり忘れちゃっていて」

「そうだったんですか」

入社したての頃の私なら、『片づけは広報部がやるべきでは？』と思っていただろう。でも、私たちがほかの部署の人たちに助けてもらうこともあり、フォローし合うのはお互い様だ。

そんな中、鈴木主任の人望は厚く、他部署の人から頼まれる仕事も多い。

もっぱら雑用だったりするけれど、絶対〝NO〟と言わない鈴木主任は、常に仕事を抱えている状況だ。……まぁ、その結果が今の彼。

けれど、そこは彼の人柄なのか、決まって誰かが手を差し伸べる。今の私みたいに。

「せっかく年度別にまとめてあったのに、これじゃ台無しですね」

散らばっている資料は、順番がバラバラになってしまっている。これをもと通りにするとなると大変だ。

ふたりで資料を年代順に並べていく。

「でも会社の歴史が見えてこない？　読んでみると結構面白いし、勉強になるんだよ」

笑顔で得意げに話す鈴木主任に、面食らってしまう。

「だから小野寺さんにお願いしたんだ。まだ入社して一年目じゃ、会社のことをよく知らないと思って」

「……それは、ありがとうございます」

そうだ、鈴木主任はこういう人。入社当時から何かと私を気にかけてくれていて、いろいろと教えてくれた。こんな風に面倒な片づけも『勉強だ』と言って。

実に彼らしい発想に思わず笑ってしまった。

「え、何？　どうしたの？　急に」

当然、鈴木主任は私がなぜ笑いだしたのか理解できておらず、首を傾げている。

「すみません。鈴木主任らしい捉え方だなと思いまして」

「え、そうかな？」

好意的に受け止めてくれたようで、途端に照れだす姿はますます彼らしい。

鈴木主任がいるだけで、周囲は常に平和でいられる気がする。

私も鈴木主任のように、どんなことにも前向きになれたらいいのにな。いつまでも昔のことをウジウジ悩んで、新しい一歩を踏み出せない自分はもううんざり。

この二週間で、私の気持ちは確実に変わってきている。

あれほど鈴木主任のことが好きで、もうほかの人のことなんて好きになれないんじゃないかって思っていたのに。

私の心の中を占める割合は、神さんのほうが大きいと思う。その証拠に、こうやって鈴木主任とふたりきりで過ごしているのに、以前のようにドキドキしない。

鈴木主任なら、私が思い描いていた未来を叶えてくれるかもしれないって思っていたけど、神さんは、ちょっと違う。一緒にいるだけで緊張して、胸が苦しくなる。

言動ひとつひとつに、過剰に反応してしまうんだ。

同じ〝好き〟って感情のはずなのに、こんなに違うのはなぜだろうか……？

「……どうかした？」

すっかり手を止め、考え込んでしまった私に、鈴木主任が声をかけてくれた瞬間、ハッと我に返る。

「すみません、ボーッとしちゃって。これ、ファイルにしまっていきますね」

順番通りに並べ終えた資料を、ファイルに納めていく。

少しすると、鈴木主任も資料をファイルに戻していく。

お互い無言のまま片づけること数分、ふと彼の左手薬指に光る指輪の存在に気づいてしまった。

あれ？　鈴木主任ってば、いつの間に指輪を？　確か、最近までしていなかったよね？

そんなことを思いながらまじまじと見てしまっていると、私の視線に気づいた鈴木主任は、照れ臭そうに右手で指輪に触れた。

「あ、バレちゃった？　実は一昨日彼女と選びに行ったばかりでさ。……恥ずかしながらつけてみたんだ」

「彼女が『会社につけていって』ってうるさくて」なんてつけ足しながら話す姿は、誰が見ても幸せそのもの。

不思議だな。つい最近までは結婚するって聞いただけで、胸が痛んで仕方がなかったのに、今は心から言える。

「いいですね、鈴木主任。幸せオーラ全開で」

「えっ、いやそうかな？」

「はい。……こっちまで楽しい気分になれちゃいます」

本当にそう思う。今なら結婚式に出席しても、笑顔で『おめでとうございます』と言えるんじゃないかな？　彼女の気持ち、わかるよ。満たされているからこそ、心配にもなるんだよね。相手がこんな素敵な鈴木主任だもの。うらやましいな。

鈴木主任の話を聞いていると、お互い想い合っていることが伝わってくる。

もし……もし、仮に神さんをこのままどんどん好きになっていって、彼と付き合うようになったとして。私と神さんも鈴木主任たちのように、明るい未来へと歩んでいけるのだろうか。

お互い知らないことがたくさんあるし、何より私と神さんとでは立場が違う。それこそ私はお母さんと同じ人生を、歩もうとしているんじゃないのかな……？

仕事中だというのに、いろいろな思いが駆け巡っていき、また手が止まってしまう。

すると鈴木主任も手を休め、ニッコリ笑顔で尋ねてきた。

「小野寺さんだって、幸せオーラ全開じゃないの？」

周囲の目には、そう映っているのかな？

「私、幸せそうに見えますか？」

すると鈴木主任は、すぐに頷いた。

「でも、ちょっと迷っているようにも見えるかな。それは相手が彼だから？」

探るように覗き込んでくる鈴木主任に、面食らってしまう。

どうしてわかっちゃったのかな？　あぁ、でも単純に考えれば簡単なことかも。鈴木主任もきっと、私と神さんが付き合っていると思っているだろうから。そんな私が悩むことがあるとすれば、立場の違いを気にしていると察するはずだ。

確かに、その通り。惹かれているはずなのに、一歩踏み出せないのは相手が神さんだからだ。

「あの、ひとつ聞いてもいいですか？」

恐る恐る聞くと、鈴木主任はパッと嬉しそうに表情を変えた。

「俺でよければ‼」

頼られたことがよほど嬉しいのか、目を輝かされてしまい、ちょっぴり聞きづらくなる。けれど、『早く聞いて』と言わんばかりに私を見る鈴木主任に、胸の内を明かした。

「もし鈴木主任が私の立場だったら、不安になったりしませんか？　釣り合わないいんじゃないかなとか……」

しどろもどろになりながらも尋ねたものの、鈴木主任はすぐに答えてくれた。

「それはないかな。相手のことが好きなら信じることができるし、何があっても一緒にいたいと思うから」

なんの迷いもなく眩しいくらいの笑顔で話す鈴木主任に、胸を打たれてしまう。

「もしかしたらこの先、つらいこともあるかもしれないけど、好きな人と一緒にいられれば、どんなことも乗り越えられると思わない？　俺はそう思うよ」

そう言って、ニッコリ微笑む鈴木主任がうらやましい。私も同じように前向きに考えることができたらいいのにな。

「小野寺さんが悩んでしまうのもわかるけど、好きな人が自分と同じ気持ちでいてくれるなんて、奇跡的なことだと思うんだ。だから大切にしないと。今だって一緒にいるだけで幸せでしょ？」

そう……なのかな？　私は神さんと一緒にいたら、幸福になれるのだろうか。

返事に困ってしまうと、鈴木主任は話を続けた。

「あとひとつだけ言わせて。幸せって、価値観は人それぞれだよ。ふたりが満足しているなら、周りにどう思われようと気にしなくていいと思う。……好きな人との幸せは、大切にしないとね」

私に言い聞かせるように話すと、鈴木主任は作業を再開させた。

つられるように私も手を動かし、資料を片づけていく。それでも頭の中はさっきの鈴木主任の言葉と、神さんの顔が浮かんでばかり。

まだ出会ったばかりだし、神さんのことをすべて知っているわけではない。

でも、醜態をさらして泣いて。……神さんのカッコいいところだけじゃなく、意外に可愛い一面や、私と同じように幼少期、つらい思いをしていたことも知った。亜紀にしか打ち明けたことのない苦い過去も、話しちゃったりして。

状況の変化に戸惑ってばかりだったけれど、それって全部、神さんのことが好きだからなのかな？　だからこそ話せたし、彼の別の一面を知って胸が締めつけられた？

鈴木主任の話を聞いて、ますます混乱するばかりだった。


『あんたバカ？　そんなの好きだからに決まってるでしょうが‼　なんとも思っていない相手だったら、そんなにウジウジ悩まないでしょ？』

その夜。お風呂から上がってのんびりしていると、亜紀から電話がかかってきた。

二週間前のデートのことを報告してからというもの、彼女はすっかり神さんのファンになってしまったようだ。

『恭様を逃したら、あんたは一生幸せになれない』と豪語し、何かと世話を焼いてくれている。こうやってなかなか会えない分、二、三日に一度電話をくれて、進展はあったかと相談に乗ってくれているのだ。

「やっぱりそうなのかな？　私は神さんのことが好き、なのかな？」

この日も早速、今日あったことを話していると、すぐにさっきの言葉が返ってきたのだ。

『だから言ってるでしょ⁉　好きじゃなきゃ、悩まないって。いい加減、素直に認めたらどう？　恭様がうちの営業所にいられるのも、残りわずかなんだからね』

「それはわかってるけど……」

いつまでも煮え切らない私に、電話口からは亜紀の盛大なため息が聞こえてきた。

『美月の恋愛スイッチは、どうやったら入るわけ？　もういい加減、新しい恋に進んでもいいんじゃないの？　……あんたの恋愛に対する変な価値観を聞いても、〝上書きしてやる〟なんて言ってくれる人、この先絶対現れないと思うんだけど』

わざとらしく、言葉に棘《とげ》を生やして言ってくる。

『でないと、面倒臭い美月の相手に疲れた恭様を、あっという間に誰かに取られちゃうからね』

最後に人を打ちのめすようなことを言った亜紀は、『キャッチが入ったから』と早々に電話を切ってしまった。

「今日もまた、心に突き刺さることばかり言うんだから」

電話口に向かって、思わず呟いてしまう。

スマホをテーブルに置き、ソファの背もたれに体重を預けた。

「そうだよね……神さん、あと少ししたら、次の研修場所に行っちゃうんだよね」

テレビを点《つ》けていない静かな部屋に、自分の声が異様に響く。

全国に営業所や製造工場がある我が社。次の研修場所が地方だったら、しばらく会えなくなる。いや、しばらくどころじゃない。もしかしたら、もう二度と会えなくなってしまうかもしれない。

そう思うと、寂しくて胸が痛む。

その理由はやっぱり、神さんが好き……だからだよね。

本当は自分でも薄々気づいている。素直に認められないのは、怖いからだ。鈴木主任の言う通り、相手が神さんだから。

今は私のことを好きと言ってくれているし、大切にしてくれている。

でも、それはこの先もずっと続くの……？　お父さんのように、親が決めた人を選んだりしない？

神さんの言葉を信じたい。けれど、どうしても不安なんだ。一度手に入れた幸せを、手離さなくてはならない日が来るかもしれないと思うと怖い。

ソファの上で体育座りをして、両腕で身体をギュッと抱えてしまう。

幼少期からずっと幸せになりたいと願っていて、もしかしたら、それが今目の前にあるのかもしれない。だったら、何も考えずに手を伸ばせたらいいのに。

それができない自分が憎い。

もし、神さんが私と同じ一般社員だったら、ためらうことなく素直な気持ちのまま踏み出すことができるのだろうか……。

この日もまた、煮え切らない想いを抱きながら眠りについた。

幸せにしたい

それから一週間が過ぎた。

神さんが関東営業所で勤務する日数も、いよいよ残りわずかとなってきた。

それなのに、私はまだ自分の想いと格闘するばかり。神さんと時間をともに過ごせば過ごすほど、悶々《もんもん》としてしまう。

「お先に失礼します」

「お疲れさまでした」

この日も定時を過ぎると、先輩たちは帰り支度を始め、次々と退社していく。

いつもだったら私も退社するところだけど、ここ最近、仕事中も神さんのことばかり考えてしまい、作業効率がグンと落ち、残業することもしばしば。

「あれ、小野寺さん、まだ終わってないの?」

パソコンに向き合っていると、不意にかけられた声に顔を上げる。

私のデスクの前に立っていたのは、珍しく帰り支度を済ませた鈴木主任だった。

「はい、ちょっと仕事が終わらなくて……。鈴木主任は上がりですか?」

聞くと、彼はあからさまにデレッと顔を緩めた。

「今日はこのあと、式場で打ち合わせが入っていてさ。あっ、でも仕事大丈夫？　もしかして俺、無意識のうちに、小野寺さんにいろいろと任せすぎちゃってたかな？」

あれだけ緩んでいた表情は、みるみるうちに青ざめていく。

相変わらずな鈴木主任に、やっぱり和まされてしまうよ。

「違います。自分が悪いんです。仕事中なのにいろいろと考え事をしていたら、終わらなくなっちゃって。だから、気にせずお帰りくださいね」

「……でも、まだ少し時間があるから手伝えるけど」

時計を見ながら話す鈴木主任に、慌てて手を左右に振った。

「大丈夫ですから！　もしかしたら彼女さん、待ち合わせ場所に早く着くかもしれませんし」

なのに鈴木主任の表情は、なかなか晴れてくれない。

「そう？　じゃあ帰っちゃうけど……本当に大丈夫？」

鈴木主任らしいな。優しくて部下思い。用事があるのに、手伝うとか言っちゃうんだから。

オロオロする彼を、安心させるように言った。

「はい。お疲れさまでした」

するとようやく納得してくれたのか、「じゃあ悪いけど、お先に失礼するよ」と言いながらも数回振り返り、やっとオフィスをあとにしていった。

あんなに気にすることないのに。でも鈴木主任のおかげでやる気が出た。

気持ちを入れ替え、作業を再開させようとした時、斜め前のデスクから声が聞こえてきた。

「相変わらずね、鈴木主任って」

「小川《おがわ》さん」

声をかけてきたのは、ふたつ上の先輩。何かと頼れる女性社員だった。私たちのやり取りを見ていたのか、呆れたように頬杖をついている。

「小野寺さんにはいつも迷惑をかけているから、申し訳ないと思ったんじゃないの？」

「そう、なのでしょうか……？」

小川さんはクスクスと笑いながら、話しだした。

「それと心配だったんだよ。鈴木主任って小野寺さんのこと、庶務課の中で一番可愛がっているもの。ほら、小野寺さん優しいから。鈴木主任のミスにも、いつも呆れずに付き合ってあげてるでしょ？　だから余計だと思うよ。きっと妹みたいに思っているんじゃないかな？」

妹……。それは以前、鈴木主任からも言われたことだった。

やっぱりそうなんだ。小川さんの目からも、そう見えちゃうんだね。

でも不思議と悲しいという感情は浮かんでこなかった。むしろしっくりくる。

「それは光栄です。……鈴木主任みたいなお兄さんだったら、私も欲しいと思っていたので」

「えぇっ!?　嘘！　小野寺さんってば正気？　あんな面倒臭くて、どんくさい兄貴が欲しいなんて」

目を丸くする小川さんに、笑ってしまった。

嘘はない。鈴木主任みたいなお兄ちゃんなら大歓迎だ。彼が家族の一員にいたら、どんなに楽しい毎日だっただろうか……。

同じ境遇で生きてきたとしても、悲観的にならずに済んだかもしれない。

父親がいなくても、母親が働いていなくても、周囲に何を言われても、鈴木主任ならきっと前向きに考えていたと思うから。

あぁ、そっか。だから私は、鈴木主任に惹かれたのかもしれない。鈴木主任がお兄ちゃんだったら、こんな生い立ちでも毎日を楽しく過ごせたかもしれないから。

それと同時に気づいてしまった。鈴木主任に対する〝好き〟っていう感情は、もう消えていると。

「いやはや、信じられない……」

いまだにブツブツ言いながら、仕事を再開させる小川さん。

そんな彼女に、心の中でそっと『ありがとうございました』と伝える。一歩、前に進めた気がしたから。

小さく深呼吸をし、私も作業に戻った。


「やっと終わった」

データを保存し、椅子の背もたれに身体を預けてホッとできたのは、定時を一時間過ぎた頃だった。

いつの間にか小川さんもほかの先輩たちも退社しており、庶務課に残っているのは私ひとりだけ。

戸締まりを済ませ、バッグを持って庶務課をあとにした。エレベーターホールに着くと、すぐに呼び出しボタンを押す。

待っている時間にふと見てしまうのは、スマホ。

確か今日は神さん、メーカーに打ち合わせに行くって言っていたよね。

昨日の朝の会話を思い出しながらメールをチェックするも、神さんからの連絡はなかった。ということは、まだ仕事中かな。

到着したエレベーターに乗り込み、ボタンを押すと一階へと動きだす。

神さんが関東営業所に来て、そろそろ三ヵ月。

神さん、次はどこに行くかまだ決まっていないようだけど、異動したら私たちはどうなっちゃうのかな？　今以上に、会えなくなっちゃうんだよね。

「会いたい……な」

ポツリと漏れた声。なぜか無性にそう思ってしまった。昨日の朝、顔を合わせたばかりなのに。

手にしていたバッグを、胸の前で抱え込んでしまう。

すると、ちょうどエレベーターが一階に着き、ドアが開いた。

「……え、美月……？」

聞こえてきた声に、降りようとした足が止まってしまう。

だって目の前には、先ほど会いたいと思っていた神さんが立っていたのだから。

「……神さん」

お互い、しばし立ち尽くしたまま見つめ合っていると、ほかの階から呼び出されたのか、エレベーターのドアが閉まっていく。

「危ない！」

ドアに挟まれそうになってしまい、神さんに腕を引かれてエレベーターから降りる。

辺りには誰もいない。

腕をつかまれたまま神さんを見上げてしまうと、彼は顔を綻ばせた。

「びっくりした。まさかこの時間まで、美月が会社にいるとは思わなかったから」

そう言って、神さんは腕を離した。

会いたいと思っていた彼が突然目の前に現れ、気恥ずかしくなって意味もなく髪を耳にかけてしまう。

「仕事が終わらなくて……」

「そっか」

少し間が空くと、神さんは私の様子を窺うように尋ねてきた。

「美月、このあと時間ある？　もし大丈夫だったら、久し振りに食事に行かないか？」

「え、食事ですか？」

顔を上げれば、神さんはどことなく照れた様子で目を泳がせている。

たったそれだけだというのに、いちいち胸がキュンとしてしまうのだから厄介だ。

「俺、書類を軽くチェックして帰るだけだから、よかったらどうかな?」

照れ臭そうに誘ってくる姿は、出会ったばかりの神さんからは想像もできない。

最初は軽々しいノリだったのにな。

「神さんが疲れていないなら、私は大丈夫です」

緩みそうになる口元を抑えながら伝えると、彼は嬉しそうに顔をクシャッとさせた。

「よかった。悪いけど、少し待っててもらってもいいか？　十分くらいで終わると思うから」

言いながら、エレベーターの呼び出しボタンを押す神さん。

すぐ戻ってくるとわかっているものの、なぜか離れがたいと思ってしまい、なかなか頷くことができない。エレベーターが到着し、乗り込んだ神さんのあとに私も続いてしまった。

「え……美月?」

当然神さんは驚き、唖然としたまま私を凝視してくる。

その視線にいたたまれなくなり、目を逸らしてしまった。

「えっと……待っていても暇なので、ついていこうかと思いまして……」

苦し紛れに出た声に、彼は目を見開いた。

変に思われちゃっただろうか。それとも気づかれてしまった？　単純に、神さんと一緒にいたいからだって。

何も言わず私を見る神さんに、後悔の波が押し寄せてくる。

失敗したかも。おとなしく一階で神さんを待っていればよかった。

「すみません、ついていってても邪魔なだけですよね。エントランスで待っています」

慌ててまだ動いていないエレベーターから降りようとしたけれど、すぐに伸びてきた手に止められてしまった。

「邪魔なわけないだろ？」

片手で身体をふわりと抱き寄せられ、彼の胸に収まってしまう。

神さんがすぐにドアを閉め、ボタンを押すと、ゆっくりと上がっていくエレベーター。

「あの……神、さん？」

声を絞り出すのがやっとだった。感じる彼の温もりと、鼻を掠める香水の香り。そして、私と同じように速まっている彼の胸の鼓動に、微動だにできなくなる。

あっという間に目的の階に着くと、神さんはゆっくりと私を解放し、困ったように笑った。

「悪い。……なんか無性に美月のことを抱きしめたくなって」

そう言いながら頭に触れたのは、神さんの大きな手。

優しく触れられるたびに、心臓はさらに暴れだしてしまう。

「邪魔じゃないから。……隣に座って待っててくれる？」

頷くだけで精一杯だった。

神さんは今度は私の手を取り、エレベーターからゆっくり降りて、廊下を歩いていく。いくら定時を一時間過ぎているといっても、いつ誰に見られるかわからないのに。

「あの、神さんっ――」

『手を離してくれませんか？』と言おうとしたけれど、すぐに神さんに声を被せられてしまった。

「急いで終わりにするから、何食べたいか考えておいて」

『わかった？』と言うように優しい目を向けられては、何も言えなくなってしまう。

繋がれたままの手は熱くなるばかりで、汗ばんでいないか心配になる。だからといって、手を離したいとは思わなかった。

それから少し進んだところで、見えてきたのは営業部のオフィス。この時間でも明いていく。
神さんはポツリと呟くと、私に向かって「シーッ」と人差し指を立て、静かに近づ
「あれ？　まだ誰か残っているのか」
かりが灯っていた。

そんな神さんの言いつけを守るように、私もまた静かに歩を進めた。

すると、オフィスの中から次第に声が聞こえてきた。

営業部の人が残っているなら、私はオフィスの外で待っていたほうがいいよね。

そう判断した時、聞こえてきた陽気な声に、私も神さんも足を止めてしまった。

「マジでやってられねぇよな、あの御曹司様には」

「そう言うなよ、あの人も大変なんだよ」

「何が大変なんだよ。あっ！　皆からの人気を得るのに？」

神さんをバカにしたような会話に、耳を疑ってしまう。

どうやらほかに残っている社員はいないようで、ふたりの会話は鬱憤《うっぷん》を晴らすように
にますますヒートアップしていった。

「ちょっと能力があるからって、部長も大きい仕事ばかり任せやがって」

「『デキる俺ってカッコいい』とか思っていそうだよな」

「同感！」

神さんの陰口のオンパレード。ふたりで愉快そうに笑っている。

あまりに一方的な物言いに、怒りが込み上げてくる。ただ神さんの存在が面白くないだけだというのが、ふたりの会話から見て取れる。

たった数ヵ月間とはいえ、一緒に仕事している神さんはどう思っている……？

隣にいて手を繋いでいるというのに、彼の顔が見られなかった。

「早く次の研修場所に行ってくれねぇかな。女たちも騒ぎまくってて迷惑だよな」

神さんが動かない限り我慢しようとしていたけれど、さすがに限界だ。彼のことを何も知らないくせにっ……！

歩きだそうとした瞬間、そんな私を制するように、神さんに繋いだままの手を強く握り返されてしまった。

神さんを見れば、オフィスにいるふたりに聞こえないよう囁いた。

「すぐに終わらせてくるから、ここで待ってて」

「……え」

私の手を離すと、神さんは怯むことなく、ふたりがいるオフィスへと堂々と入っていった。

「お疲れさまです」

にこやかに挨拶をした神さんに、ふたりはあからさまにギョッとした。

うろたえだすふたりにかまうことなく、神さんは自分のデスクへと向かっていく。

そんな彼をチラチラと見ながら、ふたりはコソコソと話しだした。

「おい、さっきの聞かれてねぇよな？」

「普通に書類チェックしてるし、大丈夫じゃねぇか？」

突然現れた神さんによほど動揺しているのか、私にまでふたりの会話が筒抜け。当然神さんの耳にも届いているだろう。

それなのに彼は動じることなく書類に目を通していて、その姿に強く胸を打たれた。

私は普段の神さんの仕事ぶりを、直接見ているわけではない。それでも亜紀や神さん本人から仕事への熱意を聞いて、誰よりも努力していることを知っている。

言ってもいいのに。あのふたりに啖呵《たんか》切って、ガツンと文句を言ってもいいのに。

なのに彼は大人な態度で書類のチェックを済ませ、いまだにビクビクと神さんの様子を窺っているふたりに「お先に失礼します」と言うと、こちらへ向かってきた。

そして私のもとへ戻ってくると、ふわりと笑って小声で言った。

「悪かったな、待たせて。行こうか」

「あっ……！」

私の手を引き、先を歩く彼の背中は、いつものように堂々としている。……けれど、どこか無理しているように見えるのは気のせいかな？

お互い無言のまま廊下を歩いてエレベーターに乗り込むと、神さんは口を開いた。

「聞いていて気分悪かっただろ？　……すまない」

そう話す彼は、いつもの彼だ。

「いいえ、そんな……」

言葉が続かない。もしかしたら私の前だから、余計な心配をかけないように平気なフリをしているだけなのかもしれない、って思ってしまって……。

彼の気持ちを考えれば考えるほど、胸が痛んで苦しくなる。

エレベーターが一階に着き、ドアが開くと、神さんは足早に歩いていく。

彼の立ち居振る舞いはとても男らしくて素敵だった。子供みたいに言い返すこともなく、ちゃんとふたりに挨拶までして……。

でも私の前では、愚痴ってくれてもいいのに。あんなこと言われて、何も感じない人なんていないはず。

私が一緒だから、感情を必死に抑え込んでいるんでしょ？　私のためを思っての行動かもしれないけれど……そんなの、寂しいよ。

エントランスを抜けて歩道に出ると、やっと神さんの足が止まった。

「美月、何食べたいか決まった?」

何もなかったかのように接してくる神さんに、我慢も限界を迎えそうになる。

でも、ここで私がさっきのことを話題に出しても、神さんは本音を語ってくれないでしょ? なら、私にできることは……。

「何? これから食べる物を必死に考えているのか?」

何も言わない私に、神さんはにこやかに笑う。

彼が平気なフリを続けるなら、私もそれに合わせるのみ。努めて笑顔を取り繕った。

「神さん、お好み焼きともんじゃ焼きを食べに行きませんか?」

「え、お好み焼き?」

意外なチョイスだったのか、驚く彼の手を自分から握った。

「はい! この近くに行きつけの美味しいお店があるんです」

「おい、美月!?」

彼の手を強くつかみ、グイグイ引っ張って歩きだす。

「私、お好み焼きを焼くのには自信があるんです。だから、私に任せてくださいね」

足早に進みながら振り返るも、神さんは困惑している様子。

ごめんなさい。私にできることなんて、何もないと思う。さっきだって彼らに文句を言ったところで『お前は関係ないだろ』などと、打ち負かされていたと思うから。

だから、今私にできる最大限のことは、いつも通り接して、神さんと楽しい時間を共有すること。さっきのことを少しの間でもいいから、神さんが忘れることができるように。たくさん笑って美味しい物を食べて、また明日も頑張ろうと思ってもらえるように。

神さんの手をしっかり握ったまま、目的の店へと急いだ。


「では、早速焼かせていただきますね」

「あっ、あぁ……」

あれから神さんとやってきたのは、よく庶務課の皆や亜紀と訪れている、お好み焼きやもんじゃ焼きが食べられる飲食店。

独断でお好み焼きふたつと、もんじゃ焼きひとつを注文すると、数分後に運ばれてきた。

お願いすれば、店員さんが目の前の鉄板で焼いてくれるけれど、せっかく神さんと一緒に店に来たのだから、私が作ってあげたい。

油をひき、混ぜた具材を鉄板に乗せると、ジュッと生地《きじ》の焼けるいい音が響いた。

形を整えると、感じる視線。

それはもちろん神さんのもので、なぜか興味深そうに私とお好み焼きを交互に見ているものだから、たまらず声をあげた。

「どうかしました？」

「いや、こういう店いいなって思って。美月が焼いてくれるっていうオプションもつくしな」

彼がふわりと微笑んだものだから、恥ずかしくなってしまった。

「もっ、もう焼けますので、お皿を準備してください！」

精一杯、平静を装って言うものの、動揺しているのは神さんにバレバレなようで、必死に笑いをこらえながら「はい、わかりました」なんて言われてしまった。

神さんが心から笑顔になってくれている。そう思うと、怒りも動揺もどこかへ飛んでいってしまった。

「あとはそこにあるソースやマヨネーズなど、好きなだけかけて食べてください」

焼き上がったお好み焼きを切り分け、神さんの分をお皿に乗せて差し出す。

「え、何？　最後まで美月がやってくれるんじゃないの？」

「何言ってるんですか、それくらい自分でやってください。それに自分の好みの味にできるのがいいんじゃないですか」

お皿をグイッと押しつけて言うと、彼は「はいはい」と呟きながら、いそいそとソースをつけ始めた。そしてひと口食べると、目を輝かせた。

「やべ、美味《うま》いなこれ」

その姿に私まで笑みを漏らしてしまう。

最初にふたりで入った高級料亭のすき焼きじゃなくて、一枚千円もしないお好み焼きをふたりで分け合って食べているのだから、人生はわからないものだ。

何よりあれほど関わりたくなかった神さんが、今、目の前で美味しそうに食べているのを見て〝可愛い〟と思ってしまっているのだから。

「美月、もっと焼いてくれ」

「わかりました、ちょっと待っててくださいね」

ぺろりと食べ終えてしまった神さんに口元が緩みつつ、また焼き始める。

彼は興味津々で、焼き上がる過程を凝視していた。

ンに膨れ上がっていて笑みがこぼれる。


「食べすぎた、苦しいな」

「粉物って、お腹にたまりますよね」

お好み焼きともんじゃ焼きを堪能し終え、店を出る頃には、お互いのお腹はパンパンに膨れ上がっていて笑みがこぼれる。

「こんなに苦しくなるほど食ったの、久し振りかも」

少しは気が紛れたかな？　明日から、嫌でもまたあのふたりと同じ職場で顔を合わせなくてはいけない。いくら研修の間だけといっても、つらいよね。

ふたりのセリフが頭をよぎってしまい、バッグを持つ手が自然と強まってしまう。

「送っていく」

「あっ、ありがとうございます」

慌てて笑顔を取り繕い、彼と肩を並べて会社の駐車場へと向かっていく。

道路を走り去っていく車のエンジン音が響く中、神さんは静かに話し始めた。

「今日はありがとうな。……いつも通りの美月で接してくれて助かった」

歩くスピードを緩め、ゆっくりと優しい眼差しを向けられた。

「あそこで美月に気遣われてよそよそしくされてたら、正直つらかった。……わかっているよ、俺はどこに行っても〝御曹司様〟でしかないってことくらい。煙たがられる存在だってことも。そう理解していても、実際に陰口を耳にするとまいるな」

次第に表情は曇《くも》っていき、眉間に皺を寄せる彼。

平気そうに振る舞っていたけれど、そうだよね、やっぱりつらいよね。

自嘲ぎみに笑う姿に、胸が苦しくなる。彼の気持ちが痛いほど伝わってくるから。

「文句言われないように、仕事だけは人一倍努力してきたつもりなんだけどな。どうやら、もっと頑張らないといけないようだ」

力なく笑う姿を見ていると、泣きたくなってしまった。

けれど、神さんは私が泣くことを望んでいないはず。むしろ私が泣いちゃったら、神さんは余計につらくなるよ。

言ってたじゃない。私に気遣われてたらつらかった、って。

神さんのことで必死になって、彼の気持ちを考えているうちに、気づかされてしまった。泣きたくなってしまったのは、私が神さんのことを好きだからだ、と――。

あんなに認めるのが怖くて、なかなか前に踏み出せずにいたのにな。いつの間にか芽生えていた気持ちは、どんなに頑張っても止められない。

「美月に前、〝王道ヒーロー〟って言われただろ？　……だけど残念。本当の俺は王道ヒーローでもなんでもない。少し陰口言われただけで落ち込む、情けない男だよ」

「……っ！」

何か言いたい。なのに言葉が出てきてくれない。

「さて、と。明日も仕事だし、さっさと帰るか」

歩くスピードを速める神さん。

あとを追いながら、彼の背中を見つめてしまう。

今までの私は、平凡でもいいから好きな人と穏やかな人生を送りたい、私だけを愛してくれる人に幸せにしてほしいと思っていた。

でも、今は違う。〝幸せにしてほしい〟んじゃない。私が〝幸せにしてあげたい〟と思う。

神さんにつらい顔なんて、させたくないよ。

想いが溢れて、気づけば自分でも信じられないほど大胆な行動に出てしまった。

「私にとって神さんは、王道ヒーローですから」

「……え？」

恥ずかしいセリフとともに彼に駆け寄り、そっと握ったのは神さんの大きな手。

彼はびっくりして立ち止まると、穴が空きそうなほど私をガン見してきた。

自分が一番驚いている。神さん以上に私のほうが。それでも伝えたかったの。

小さく深呼吸して顔を上げると、瞬きもせず私を見る神さんと視線がかち合う。

「あの日……私がつらい時現れてくれた神さんは、私にとって間違いなくヒーローでした。神さんは甘えていいって言ってくれたじゃないですか。あの言葉に私、どれだけ救われたか……。それに、神さんのことを悪く言う社員ばかりじゃないですよ。神さんが努力していること、ちゃんとわかっている社員だってたくさんいますから」

「美月……」

亜紀もそのひとりだ。ほかにもたくさんいるよ、絶対に。

「だから、その……えっと……」

急に口がうまく回らなくなってしまう。だって『仕事頑張ってください』とか『だから負けないでください』っていうセリフは、なんだか違う気がするから。

なのにしっくりくる言葉が見つからない。気持ちが溢れるばかりで、それをうまく伝えることができないもどかしさに、焦ってしまう。

「もういいよ、美月」

「え？」

何か伝えないと、と躍起になっていた私に、神さんは優しく語りかける。

「美月の気持ち、しっかり伝わったから。……ありがとう」

ギュッと握り返された手に、胸が締めつけられてしまう。

「美月を好きになって、本当によかった」

とびきり甘い瞳を向けてくる神さんに胸が苦しくなって、こらえるように唇を噛みしめる。

「明日も頑張らないとな。……いや、これからもずっとだ。美月のヒーローでいるためにも」

歯が浮いちゃうような恥ずかしいセリフにも、不思議と胸がときめかされてしまっている。

「帰ろうか」

神さんはニッコリ微笑むと、私の手を引いて歩き始めた。

私はそのまま、ついていくだけで精一杯だった。


神さんのことが好き。好きだから、神さんのことを幸せにしてあげたい。

私も伝えよう。彼が私に伝えてくれたように、自分の気持ちすべてを……。

神さんに車で送り届けてもらい、彼を見送ったあと、心の中で強く誓った。

あなたは私にとって大切な人

「ノロマ、小心者、意気地なし、ヘタレ美月」

次々と目の前で投げかけられる、悪口のオンパレード。

昼休み。久し振りに亜紀とランチをともにしていた会社近くのカフェで、彼女は頬杖をつき、呆れた様子で私を見据えていた。

「やーっと恭様のことを好きって認めたと思って、安心したのも束の間。あれから一週間も経っているのに、まだ自分の気持ちを伝えていないとか……」

盛大なため息を漏らす亜紀を前に、食欲は完全に失われてしまい、手にしていたフォークをそっと紙ナプキンの上に置いた。

「ねぇ、食べる気が失せちゃったんだけど」

「そんなの私も一緒。午後の営業に備えて、体力つけなくちゃいけないのに」

そう言いつつも、亜紀は注文した料理をほぼ完食してしまっている。

『食べ終わってるじゃない』……とは、不機嫌な亜紀には口が裂《さ》けても言えないけど。

神さんを好きって自覚した日から、一週間が過ぎた。

でも亜紀が呆れている通り、私はまだ彼に自分の気持ちを打ち明けられずにいる。

神さんが忙しく、告白するチャンスがなかなか得られないからだ。

研修期間も残りわずか。神さんは連日仕事に追われていて、残業は当たり前。朝も早いから迎えにも来られないようで、メールや電話でやり取りをしているものの、会えていない。

亜紀には散々、『早く気持ちを伝えなさい』って言われているけれど、やっぱりちゃんと顔を見て伝えたいものじゃない？

「いい？　美月。恋愛って、タイミングも大切なのよ？　どうするのよ、あんたがノロノロしている間に恭様があっという間に異動して、心変わりされちゃったら」

「そう言われても……」

『これぱかりは仕方なくない？』と思うけれど、亜紀は違うようだ。

「仕事が終わったところを待ち伏せしたり、家まで押しかけるくらいのガッツを見せなさいよね」

強引で遠慮のない提案に、顔が引きつってしまう。

「そんなの無理に決まってるでしょ？　忙しい時にそんなことして、迷惑かけたくないから」

もう何度も言っている言葉を伝えても、亜紀は納得してくれない。

「美月の気持ちもわかるけど、相手はあの恭様なんだからね？　悠長にかまえていてつらい思いをすることになっちゃったら、私……嫌だから」

悲しげに瞳を揺らして唇を噛みしめる彼女に、胸を打たれる。

「亜紀……」

わかっているよ、私のためを思って言ってくれているんだ、って。

「ちなみに恭様は今日、ずっと外出してるけど、もしかしたら一度会社に戻ってくるかもしれないから。会えるようなら会って、さっさと自分の気持ちを伝えなさいよ」

「うん、わかった。……ありがとうね」

しみじみとお礼を言うと、亜紀は恥ずかしくなったのか一気にコーヒーを飲み干し、慌ただしく席を立った。

「悪いけど私、午後外回りだから先に戻るね。ここは私が出しておく」

「え、でも……っ！」

亜紀はあっという間に伝票を手に取ると、バッグの中から財布を取り出し、私を制止する。

「いいから。その代わり‼　一刻も早く、恭様に告白しなさいよね」

少しずつ歩きながら言い、亜紀は嵐のように会計を済ませてカフェを出ていった。

「忙しいのに、付き合ってくれたのかな?」

走って会社に戻っていく彼女の姿を窓から見ていると、申し訳ない気持ちになる。神さんと同じくらい忙しいはずなのに、亜紀は毎日のように電話をくれて早く告白するよう促してきたり、その日の神さんの様子や、翌日の予定を教えてくれていた。

「異動しちゃったら、言えなくなっちゃうよね……」

窓の外の景色を見ながら、ポツリと呟いてしまう。

あと少しで関東営業所から神さんがいなくなってしまうなんて、信じられない。けれどその時が来たら、嫌でも実感しちゃうんだろうな。

一旦好きって認めた途端、想いは一気に加速するばかりだった。会えない分、気持ちは募り、伝えたいのに伝えられないジレンマに悩まされる。

亜紀の言う通り、待っているだけじゃダメなのかもしれない。自分から行動に出ないことには、チャンスはやってこない。

でも、好きだからこそ躊躇してしまうんだ。

たったひと言〝好き〟って伝えるだけなのに、『疲れている時に言っちゃったら迷惑かな』とか、『仕事頑張っているのに邪魔したくない』とか……いろいろな感情に支配されてしまう。それが恋なんだよね。

重い腰を上げ、会社へと戻っていった。


「鈴木！　頼んだ報告書はどうした⁉」

「すっ、すみません！　今すぐ取りかかります‼」

午後のオフィスに課長の怒鳴り声が響くと、一瞬にして皆が課長のデスク脇に立っている鈴木主任に注目する。

鈴木主任が課長に注意されたり、怒られたりするのは稀《まれ》じゃない。でもここ二、三日、特にミスが多い気がする。

「鈴木主任、どうしたんだろうね。最近、いつも以上にミスばかりじゃない？」

「ね、心なしか元気ないように見えるし」

コソッと話している先輩たちに、頷いてしまう。

最初は『幸せボケかな？』なんて呑気に思っていたけれど、彼が日に日にやつれていくので、気になっていた。それに何より、皆を癒してくれる笑顔が見られないから。

こんなこと、初めてだった。どんなにミスをしても怒られても、鈴木主任はいつも前向きで笑顔を絶やさない人だったのに。

それに気づいているのは、私だけじゃない。先輩たちがそれとなく鈴木主任に『何かあった?』と声をかけても、力ない笑顔で『なんでもないよ』と答えるだけなのだ。それなのに部下である私が聞いたところで、鈴木主任が話してくれるとは到底思えない。だから私は、こうやって様子を窺うことしかできずにいる。

もしかして、彼女さんと喧嘩《けんか》でもしちゃったのかな? でも婚約中だし、結婚式も控えているんだもの、一時的だよね? あと数日も経てば、いつもの鈴木主任に戻るよね?

「鈴木主任、今手が空いているんで何か手伝いましょうか?」

自分の席に戻る途中の彼に声をかければ、やはり力ない笑顔が向けられた。

「本当? 助かるよ、いつもごめんね」

言葉はいつも通りなのにな。弱々しい声に、見ているこっちの胸が痛む。

「いいえ、気にしないでください」

早くいつもの鈴木主任に戻りますように……私はただ、そう願うことしかできなかった。

「つっ、疲れた……」

定時を一時間過ぎてから会社をあとにした途端、疲れがどっと押し寄せてきた。鈴木主任がいつも以上に仕事をため込んでいて、先輩たちとともに先ほどまで手伝っていたのだ。

『あとはひとりでやるから』と言われてしまい、後ろ髪を引かれる思いで帰ってきちゃったけど……。足を止め、会社を見上げてしまう。

「本当に大丈夫だったのかな？　ひとりで」

あと少しで終わるだろうとは思うけど……。

終わるのを待って、食事にでも誘ったほうがよかったかな？　そうしたら、この前のように愚痴ってくれたかもしれない。

とはいえ、会社を出てしまった今となってはどうしようもない。トボトボと家路を歩いていく。

仕事に不慣れな私に、優しく丁寧に指導してくれたのは鈴木主任だった。ミスをして落ち込んでいる時に励ましてくれたのも、庶務課になかなか馴染《なじ》めなかった私を皆の輪の中に入れてくれたのも、すべて彼。

だから私は、鈴木主任のことが好きになったんだ。

今では〝好き〟の種類が変わったけれど、好きで尊敬している上司に変わりはない。

「……あれ？　ここ」

考え事をしたまま歩いていたせいか、気づけば最寄り駅とは違う方向に行っていたようで、見覚えのある景色が広がっていた。

「やだ、どうしてここに……」

今いる場所は、以前鈴木主任とふたりで飲みに行った時、気持ち悪くなって座り込み、神さんが来てくれたところだった。

おもむろに向かってしまうのはベンチ。腰を下ろし、車が通り過ぎていくのをボーッと眺めてしまう。

鈴木主任のことが好きでたまらなくて、それなのに妹としか見られていない現実に打ちのめされて……。

そんな時に現れた神さんに、今は恋しちゃっている。あれほど恋愛対象外だと決め込んでいたのに。

冷静に考えれば考えるほど、実感できる。

鈴木主任のことは好きだったけれど、憧れに近いものだったんだって。だって鈴木主任を想う時は、遠くから見ているだけで満足していたのに、神さんを想う今は、それだけでは満たされない。会いたいし、そう願えば願うほど、胸が苦しくなる。

「まだ仕事中かな……？」

亜紀の話では、神さんは今日、会社に戻ってくるかもしれないそうだけど……。

バッグの中から取り出したスマホを確認しても、神さんからの連絡は入っていない。

「まだ仕事中なんだよね……」

バッグにしまおうとしたスマホを、握りしめてしまう。

この一週間、ずっと会いたいと思っていた。仕事が忙しいようだし、邪魔したくなかったから我慢していたけれど……。これじゃ、いつまで経っても気持ちを伝えられないよね。

最初は、すぐに飽きられちゃうかもしれない、御曹司だから最終的に親の決めた相手と一緒になるかもしれない、って不安だった。

でも、それも一週間前、どこかへ吹き飛んでしまったんだ。神さんが陰口を言われているのを見て、私まで悲しくなってしまった。つらい想いをしてほしくないと思ってしまった。

人を好きになると、相手の気持ちに嫌でも寄り添ってしまうんだよね。そして、こうも思ってしまうんだ。幸せにしてあげたいって。

神さんのことを考えれば考えるほど、会いたいって気持ちが止まらなくなっていく。

そして神さんが私に伝えてくれたように、私も〝好き〟って伝えたい。

もう一度、スマホで時間を確認してしまう。いても立ってもいられなかった。

「もしかしたら、会社に戻ってきているかな?」

この前だって、一度会社に戻って書類をチェックするって言ってたじゃない。今日も、今会社に戻れば神さんに会えるかもしれない……!

勢いよく立ち上がり、会社に戻ろうとした時、私の名前を呼ぶ声が聞こえてきた。

「美月っ⁉」

足を止めて声のしたほうへと振り向いた瞬間、目を疑ってしまう。

「え……神、さん?」

「やっぱり美月だ」

彼は余裕のない顔で駆け寄ってくると、唖然とする私の前で立ち止まり、肩で息をしている。

どうして神さんがここに……? それに、なぜ走ってきたの?

突然現れた神さんに混乱していると、彼は大きく深呼吸をし、ジッと私の顔を覗き込んできた。

「あっ、あの……神さん?」

そっと名前を呼ぶも、彼の視線は私に向けられたまま。

その瞳は何かを探っているようにも見え、会うのが一週間ぶりだからか、見つめられていると思えば思うほど、恥ずかしくなってしまう。

少しすると、神さんは息を漏らした。

「また泣いているのかと思った」

安心したように微笑む彼と、視線がかち合う。

「この前も、ここで酔って泣いてただろ？　帰る途中、美月を見て焦ったよ。ここ、美月の泣き場所なのかと思った」

最後に冗談めいたことを言って頬を緩ませる彼に、胸が鳴ってしまう。

私を見かけたのは、偶然かもしれない。けれど、心配して呼吸を乱して駆けつけてきてくれたんでしょ？

彼の優しさに触れて、胸が熱くなってしまう。

神さんはどうしてあの日、私が泣いていたかを聞いてこない。それも彼の優しさだと思う。

「あのっ……もう泣いたりしませんから」

「え？」

神さんに、どうしても伝えずにはいられなかった。

「覚えていますか？　前に好きな人がいるって話したことを」

「……それはもちろん」

少しだけ神さんの瞳が揺れた。

「実はあの日、好きな人に私は妹みたいだ、って言われてしまって……。それで落ち込んで、たくさんお酒を飲んでしまったんです」

まくし立てるように言うと、神さんは力ない声で「そっか」と呟いた。

「でも、神さんが甘えていいよ、って言ってくれて……それで私、次の日起きたら自分でも驚くほどスッキリしていたんです」

ちゃんと伝えるんだ。私の気持ちを神さんにすべて。

彼は目を見開き、立ち尽くしたまま私に視線を向けてくる。

私は神さんの瞳を捕らえたまま言った。

「神さんが言ってくれたから、早く立ち直ることができました。それに初めてだったんです、隠してきた感情を見抜かれちゃったの。時々、どうしようもなくつらくなったり、悲しくなったりすることもあったけど、必死に隠していたのに。……気づいてくれて、『放っておけない』って言ってくれて嬉しかった」

「美月……」

本当に嬉しかった。それと同時に気づいたの。神さんは私のこと、ちゃんと見てくれていると。

「最初は神さんのことなんて、興味ありませんでした。それは以前お話しした幼少期のこともあって。……正直、今でも怖いです。神さんのことを信じたいけど、両親のように別れなきゃいけなくなっちゃったら、どうしようって。そう思うと、なかなか一歩を踏み出せなくて……」

「ちょっ、ちょっと待ってくれ美月」

必死に自分の気持ちを言葉にしていると、神さんは混乱したように頭を抱えたまま声を荒らげた。

「このままだと俺、自分の都合のいいように解釈しちまうけど……いいのか？」

いつになく真剣な眼差しを向ける彼に、トクンと胸が鳴る。

「ずっと幸せになりたいと思っていました。平凡でもいいから、私のことをずっと想ってくれる人に愛されたいと。……でも今はそれだけじゃなくて、別の感情も生まれてきました。私も、相手を幸せにしてあげたいんです」

彼をまっすぐ見据えたまま、最後にそっと伝えた。

「神さんのことが、好きだから……」

初めて伝えた〝好き〟って気持ち。

すると、神さんは急にうろたえだした。

「え……それって、嘘……じゃないんだよ、な？」

よほど信じられないのか、恐る恐る聞いてきた神さんに一瞬面食らうも、その姿が異様に可愛く見えて口元が緩んでしまった。

「嘘で告白なんてしません」

今度は微動だにせず、固まってしまった神さん。

その姿に和まされ、緊張がほぐれていく。

確かに神さんには、散々な言動ばかり取っちゃってたけど、そんなに信じてもらえないものなの？　だって、ここ最近の私は自分でも不安になっちゃうくらい、感情がダダ漏れだった気がするから。

毎日連絡のやり取りをして、会える時は会って。私の気持ちが神さんに向かっていることに、多少は気づかれていると思ってたんだけど、違った？

「あの、神さん……？」

反応しない彼の名を呼ぶと、彼はハッと我に返り、確認するように聞いてきた。

「信じてもいいんだよな……？　美月も俺のこと、好きになってくれたって。今さら『嘘です』って言うの、ナシだからな？」

念を押す彼に、首を大きく縦に振った。

「神さんもナシですからね？　『死ぬまで幸せにしてやる』って言葉を取り消すのは」

「……っ、そんなわけないだろ？」

苦しそうに発せられた声と同時に、勢いよく引かれた腕。

「キャッ⁉」

バランスを崩した身体が行き着いた先は、神さんの広くたくましい胸の中だった。

「やっと捕まえた」

そして、苦しいほどギュッと抱きしめられてしまう。

「神さん……」

私の存在を確かめるように抱き寄せ、背中や髪に何度も触れてくる神さんの大きな手の温もりに、愛しさが込み上げる。

行き場を失っていた両手は、自然と神さんの背中へ向かっていく。もっともっと、彼の温もりを感じたい一心で。

「美月……」

歩道の真ん中で人通りもある場所なのに、ここが外だということも会社の近くだということも、周りの視線も、すべて気にならないくらい、神さんの温もりをただ感じていたい……そう思ってしまった。

どれくらいの時間、抱き合っていただろうか。

「初めて知ったよ」

神さんは頭上でポツリと声を漏らすと、私の身体をゆっくりと離した。

それでも至近距離なことに変わりはなくて、背中に回っていた彼の大きな手が頬に触れた瞬間、心臓が飛び跳ねてしまう。

するると神さんは目を細め、愛しいものを見るように甘い顔で囁いた。

「気持ちが通じ合うって、こんなに嬉しいことなんだな。……今、最高に幸せ」

「神さん……」

彼の優しい微笑みに、胸がときめいてしまう。神さんがあまりに幸せそうに笑うから、胸が苦しくなって『私もです』って言葉が出てきてくれない。嬉しくて愛しくて、神さんが好きでたまらなくなってしまう。

いまだに胸が高鳴りっぱなしで、ただ神さんを見上げることしかできずにいると、頬に触れていた手がためらいがちに唇に触れた。

彼の親指が唇に触れただけで、身体が硬直してしまう。

私の唇を指で撫でる神さんは、男の色気を含んでいてどこか妖艶《ようえん》で、ますますドキドキさせられていく。

「なぁ、美月……このまま家に帰したくないんだけど、美月はそれでもいい？」

なんてズルい聞き方だろうか。聞かなくても伝わっているでしょ？　好きだから離れたくない、もっと一緒にいたいって。

肯定するように頷くと、神さんは安心したように肩を落とした。

「よかった。……拒否されたら、どうしようかと思ったよ」

神さんに誘われて、断れるわけないじゃない。


その後、会社での用を軽く済ませた神さんに連れられてやってきたのは、以前私が酔い潰れてしまった日、宿泊させてもらったホテル。

「どうぞ、ごゆっくりお過ごしくださいませ」

チェックインを済ませると、高級すぎるホテルのラウンジで戸惑う私のもとへと戻ってきた神さん。

「美月、お待たせ。行こう」

肩を抱かれたまま、向かう先はエレベーターホール。床は大理石で光り輝いていて、場違いな感じが否めない。

そんな私とは対照的に神さんは堂々としていて、こういう場所に慣れている様子だ。

「あっ、あの神さん」

「ん？　どうした？」

声をかけると、心配そうに顔を覗き込んでくる彼にますます戸惑っていく。

「その、えっといいのでしょうか？　こっ、こんなところに来ちゃって」

ダイレクトに『私、場違いじゃないですか？』とは聞けなくて、曖昧な質問になってしまった。

それにここは有名な高級ホテル。値段の高いところにこの前のように連れてきてもらっちゃって、申し訳ない気持ちにもなってしまう。

到着した誰も乗っていないエレベーターに乗り込むと、神さんは眉をひそめた。

「美月に、俺の価値観を押しつけるなって言われたのに悪い。……でも、どうしてもここに泊まりたかったんだ。この前はせっかくふたりで泊まったのに、美月はずっと寝てただろ？」

「それはっ……」

「何より、ここから始めたかったんだ。……美月のことをこれ以上ないくらい好きだって自覚した日に、ふたりで過ごした思い出のホテルで」

目的の階に到着し、エレベーターを降りた。

すると、なぜか神さんは立ち止まり、肩に回していた腕を外して、私と向き合う。

そして、ためらいがちに尋ねてきた。

「ここまで連れてきてあれだけど……部屋に入ったら俺、自分を抑える自信はないから。今まで散々遊んできたけど美月は違う、特別だから。大切にしたいし、美月が少しでも嫌だと思うことはしたくないんだ。だから、嫌なら正直に言ってほしい」

神さんの瞳から、自分が大切にされていると実感させられ、胸が苦しくなる。

でも神さん、そんな心配無用です。私、ちゃんと『好き』って伝えたじゃないですか。それなのに、ここまで来て嫌になるはずがないのに。

私の気持ちを汲《く》み取ろうとしてくれた神さんに、愛しさが募っていく。

『大丈夫』と伝えるように、彼の腕にしがみついた。

「嫌なわけないじゃないですか」

「……わかったよ、途中で『やめて』って言っても無理だからな」

そう言うと神さんは私の手を取り、廊下を歩いていく。そしてある部屋の前で立ち止まると、ポケットからカードキーを取り出し、ロックを解除した。

そして、私を先に部屋の中へ押し込んだ。

「神さっ……」

「ごめん、俺余裕ないから」

背後から抱きしめられた瞬間、囁かれた熱のこもった声に心臓が飛び跳ねてしまう。

「美月、こっち向いて」

言われるよりも先に、神さんの大きな手で顔だけ後ろに向かされると、すぐに唇を塞がれてしまった。

「んっ……」

思わず声が漏れてしまうほど、深い口づけにクラクラしてしまう。

角度を変えて何度も何度も落とされるキスに、思考回路が次第に断たれていく。

「美月……」

キスの合間に吐息交じりに呼ばれ、胸が苦しいくらい締めつけられていく。神さんの手が頬から髪、首筋、背中へと移動していくたびに、身体が反応してしまう。

神さんは、それを楽しんでいるようにも思えた。

キスに意識が集中している中、急に視界が反転し、身体が宙に浮いた。

「キャッ⁉」

咄嗟に神さんにしがみついてしまう。

その間も、神さんは足を止めることなく部屋の奥へと進んでいく。

余裕のない横顔に、これからのことを嫌でも想像してしまう。

久し振りだし、ちゃんとできるか不安だけど……。寝室に入ると、神さんは優しくベッドの上に下ろしてくれた。そしてジャケットを脱ぎ捨て、ネクタイを緩めながら覆い被さってきた。

その姿は妖艶で、男の人なのに綺麗だと思えたほど。

「美月……」

不安だけど、それ以上に神さんの温もりを感じたい気持ちが強い。

「神さん……」

覆い被さってくる神さんの首元に腕を絡ませて引き寄せると、キスを何度も落とされていき、少し乱暴に服を脱がされていく。

神さんが好き、大好き——。

身体を重ねながら、溢れる気持ちを伝え続けていた。

幸せすぎて怖い

夢心地の中、微かに聞こえてきた物音に目が覚め、ゆっくりと瞼を開けていく。

広いベッドに肌触りのよいかけ布団。

次第に、自分のベッドではないと認識していった。

物音のするほうを見れば、バスローブ姿の神さんが冷蔵庫前でミネラルウォーターを飲んでいるところだった。

「神、さん……？」

「悪い、起こしちゃったな」

こちらへ歩み寄ってくる神さんに、徐々に覚醒していく。

ちょっと待って。あれ……？　私、昨日……。

混乱していると、神さんは手にしていたミネラルウォーターをベッドサイドに置き、横になって私をかけ布団ごと抱き寄せた。

「じっ、神さんっ……!?」

喉がカラカラで、掠れ声で必死に名前を呼ぶけれど、神さんはおかしそうにクスクス笑い、抱き寄せる腕の力を強め、目を細めて甘く囁いた。

「朝起きたら隣に美月が寝ているって、想像以上に幸せだった」

「神さ――」

言い終える前に、塞がれてしまった唇はリップ音をたてて離された。

今の神さんはいつもは綺麗にセットされている髪が、シャワーを浴びたせいで下ろされていて、少し幼く見えるものの、それも素敵だなと朝からときめいてしまう。

すると彼は私の額に自分の額を当ててきた。

「このまま美月と、ずっと一緒に暮らしたくなった」

朝だからか神さんの声は色っぽく掠れていて、それが余計に私の胸を締めつけた。

額を当てたまま、神さんは私を愛しそうに見つめる。

そんな瞳に捕らえられちゃったら、身体がとろけてしまいそうだ。そして、私も彼に伝えたくなってしまった。少しだけ顔を上げ、自分からそっと神さんの唇に触れた。

「私もこのままずっと、神さんと一緒にいたいです」

驚いた神さんはすぐにクシャッと笑い、強く抱きしめてきた。

「わっ⁉　ちょっと神さん、苦しいです」

「可愛いこと言う美月が悪い」

抵抗するも彼の力に敵うはずもなく、愛しくて幸せだと感じてしまう。それはきっと、大好きな人の腕の中だから。

出社前に一度家に帰るつもりだけれど、時間ギリギリまで、ベッドの中で過ごしてしまっていた。このまま時が止まってしまえばいいのに……なんてことを、何度も思いながら。

「へぇ～。それで明日美月の家に招待して、手料理を振る舞うってわけね」

「そうだけど……あのさ、亜紀。いい加減、その目やめてくれないかな?」

神さんと気持ちが通じ合ってから、数日後の昼休み。

早速亜紀に報告すると、『詳しく聞きたい!』と迫られ、やっと時間が合った今日、こうしてランチをともにしている。

お昼時で混み合うパスタ専門店で、赤裸々に話すには恥ずかしい内容なだけに、さっきから小声になってしまう。

「あ～、でも本当に安心した。これから先も、ずっと美月が冴えない眼鏡のことを好きだったら、どうしようと何度思ったことか……」

ハンカチまで出して、流してもいない涙を拭う仕草に呆れてしまう。

「嬉しいような、嬉しくないような……複雑な気分なんですけど。それに鈴木主任に失礼だ、って何度言えばわかるのよ」

いまだに亜紀は、鈴木主任のことを〝冴えない眼鏡〟なんて呼んでいる。

「いいじゃん、呼び方なんて」

こっちは怒っているというのに、亜紀は全くこたえていない様子。

「恭様がうちの営業所にいるのも、残りわずかじゃない？　それまでに美月が告白できなかったら……って気に病んでいたけど、あんたがそこまでヘタレじゃなくて、本当によかったわ」

喜んでくれているのか、けなされているのかわからないけれど、きっと前者だよね。

「美月も聞いているんでしょ？　恭様の次の研修場所」

「……うん」

亜紀の先ほどよりワントーン低い声につられるように、私の声も小さくなる。

「最終的には都内の本社に戻ってくるってわかっていても、まだ付き合い始めたばかりだし、待っているほうは長いわよね」

「そうだね」

神さんは約一週間後、青森にある東北営業所へ異動することになった。そして、三ヵ月から半年は戻ってこない。

仕方ないとわかってはいるけれど、不安だし心細い。想いが通じ合ったばかりだから、余計にそう感じてしまうのかもしれない。

一気にしんみりした空気を打破しようと、亜紀が明るい声で言った。

「まぁ、あれだ！　寂しくなったら、いつでも私が相手してあげるし‼　……だから頑張りなさいよ。せっかく手に入れた幸せなんだから」

「うん、ありがとう。じゃあつらくなったら、亜紀に付き合ってもらうから」

「オッケー。任せておいて」

どちらからともなく、笑ってしまう。

そばにいてくれる亜紀がいる。それに神さんのこと、信じているから。

神様だって、せっかく手に入れた幸せを取り上げたりしないでしょ？　今まで散々つらい思いをしてきたもの。

これ以上の幸せを望んだりしない。だから、これからもずっと、神さんとともに過ごしていけますように……そう願わずにはいられなかった。

よく『いいことは続くものだ』って言うけれど、私の場合は違った。翌朝、予想外の人との別れを突然知らされた。

不定期に行われていた朝礼で、課長の口から飛び出たのは信じがたい話だった。

「突然で驚くだろうが、家庭の事情で、鈴木が今月いっぱいで退職することになった」

一瞬でざわつきだすオフィス内。

今月いっぱいってことは、あと二週間しかないじゃない。

まさかの展開に耳を疑ったし、冗談だとさえ思ったけれど、課長に続いて口を開いた鈴木主任の話に、皆は黙り込む。

「えっと……どうせバレちゃうだろうから、皆には正直に話したいと思います」

前置きする鈴木主任は、あの日からずっと元気がなくて、以前よりさらにやつれたように見える。話す声も弱々しくて、しっかり耳を澄ませていないと聞き漏らしてしまいそうだ。

庶務課全員が鈴木主任に注目する中、彼はゆっくりと話し始めた。

「まずは最近、皆にいつも以上に迷惑をかけてしまっていたことを、謝らせてください。……個人的な理由で、仕事に身が入りませんでした。本当にごめんなさい」

こちらに向かって深々と頭を下げる姿に、皆顔を見合わせては困惑している。もちろん私も。

鈴木主任は頭を上げると、言いづらそうに話しだした。

「実は長野の実家は自営業を営んでいるんですが、少し前に元気だった父親が急に倒れてしまい……幸い命に別状はありませんでしたが、この機会に戻ってきてほしいと連絡がありました。長男として家業を継ぐべきか、このまま東京で大好きな仕事を続けるべきか悩んで、それについて彼女とも揉《も》めに揉めてしまって。……いろいろと思うところがあって、仕事に集中できませんでした」

言葉を選ぶように説明する鈴木主任に、皆口を挟むことなく耳を傾けていた。

「そして、退職して家業を継ぐ決心をしました。婚約者の彼女とは、最後まで意見が合わず、その……結婚はナシになりました。せっかく皆にも式に出席してもらう予定でいたのに、すみません」

衝撃的な話に、誰も声を発することができなかった。鈴木主任が無理して笑っているのは明白だったから。

嘘、でしょ……？　結婚がなくなったなんて。

鈴木主任本人の口から聞いているのに、話についていけない。

鈴木主任の彼女さんには、一度も会ったことはない。けれど彼女さんを知っている先輩たちや、鈴木主任本人からの話で、ふたりが互いを想い合っているのは伝わってきていた。

それなのに、住むところが変わって鈴木主任が家業を継ぐってだけで、別れられちゃうものなの？　好きって気持ちだけじゃ、ダメなのかな？

少なくとも鈴木主任は彼女さんのこと、まだ好きに決まってる。じゃないと、あの前向きな鈴木主任がこんなにやつれて、ボロボロになるわけないよ。

でも、こればかりはふたりの問題だし、何より鈴木主任はもう決断してしまったんだ。家業を継ぐことを。そしてそのために彼女とは結婚せずに、今月いっぱいで退職することを。

頭では納得していても、やるせない気持ちになってしまう。

「そんなわけでして、引き継ぎを急ピッチでさせていただきます。最後の最後まで、迷惑をかけるかたちで退職することになってしまい、申し訳ありませんが、残り少ない日数を精一杯頑張りますので、よろしくお願いします」

再度深々と頭を下げる鈴木主任に、先輩たちは戸惑いを隠せない。

「えっと……あれだ、皆も驚いたと思うが、鈴木自身が悩んで決めたことだ。全員でしっかり送り出してやろう」

微妙なオフィスの雰囲気を打破するように、課長はいつもより高い声を張り上げた。

「今日も一日頑張ろう」

無理やりな感じが否めないけれど、それを合図に皆、自分のデスクへと戻っていく。

それぞれ仕事に取りかかるも、オフィス内に流れる空気はいつもと違い、異様に静まり返っていて、ただ書類をめくる音や、パソコンキーを打つ音だけが響いていた。

私も自分の席に戻ってパソコンを起動させるも、さっきの鈴木主任の言葉が、頭の中を駆け巡っていた。

あまりにも突然すぎるよ。退職も、結婚がナシになってしまったことも。

それでも、なんとか仕事に集中しないといけない。次第にいつものオフィスの雰囲気に戻っていく中、私もどうにか気持ちを切り替え、仕事に取りかかろうとした時、鈴木主任が声をかけてきた。

「小野寺さん、ちょっといいかな?」

彼の手には、ファイルが数冊握られていた。

「引き継ぎのことでちょっと。……会議室に来てもらってもいいかな?」

「あっ、はい。わかりました」

メモ帳片手に席を立ち、先に歩きだしていた鈴木主任のあとを追う。

「悪いね、早速」

「いいえ、そんな」

会議室に入ると、鈴木主任はすぐにファイルをテーブルに並べ始めた。

「課長と話していたんだけど、ほら、俺の仕事の大半を手伝ってくれていたのは、小野寺さんだったでしょ？　それにほかの皆は任されている仕事が多いからさ、俺が請け負っていた仕事は、小野寺さんに引き継いでもらえたらと思って」

「え……私がですか？」

「もちろん、俺の後任が決まるまでだけど。小野寺さんなら、それだけの能力があるし。……課長にもそう話しておいたから」

鈴木主任……。

そんなことを言われちゃったら泣きそうになってしまうよ。彼に仕事面で認めてもらえて嬉しい。こんなかたちでなければ、もっと喜べたのにな。

気持ちを必死に抑え込み、彼と向き合った。

「ありがとうございます。……ちょっと不安ですけど、期待に沿えるよう頑張ります」

言葉を噛みしめながら言うと、鈴木主任は安心したように肩の力を抜いた。

「そう言ってもらえて助かるよ。じゃあ早速、引き継ぎするね」

「はい、よろしくお願いします」

それからひと通り説明を受けるのに、昼までかかってしまった。

「……とまぁ、こんな感じかな。一度に話しちゃったけど、何かわからないところはあった？」

「いいえ、今のところは大丈夫です。ただ、実際にやってみないと、なんとも言えませんが……」

必死に書きなぐったメモ帳を読み返し、頭では理解はできたけれど、本当にちゃんとできるかどうかは自信がない。

曖昧な返事をすると、鈴木主任は「だよねぇ」と力なく声を漏らした。

「俺だって、この仕事を覚えるのに時間がかかったから、そんなに気負わないで。一応マニュアルも作っておくし、慌てずゆっくり覚えてくれればいいよ」

いつもと変わらない、鈴木主任の憎めない優しい笑顔。

庶務課に配属された当初、緊張と不安でガチガチだった私に向けられたのは、この笑顔だった。上司だけどちょっと頼りなくて、けれどとびっきり優しい人。

鈴木主任のおかげで庶務課の中に溶け込むことができて、丁寧に教えてくれたから仕事も覚えやすくて……。

そんな鈴木主任が、いなくなってしまうなんて。

メモ帳を持つ手の力が強まってしまった時、鈴木主任は眉をハの字に下げて弱々しい声で尋ねてきた。

「本当にごめんね。俺の都合で、大きな負担をかけることになっちゃって」

「そんなっ……！」

慌てて声をあげたけれど、鈴木主任の表情は晴れない。

「小野寺さんには、最初から最後まで迷惑かけっぱなしになっちゃうね。……ダメな上司でごめんね」

そんなことない！

だけど、鈴木主任があまりに悲しげに話すものだから、言葉が出ずに首を左右に振って否定することしかできなかった。

「皆の前では強がっちゃったけど、正直、不安でいっぱいなんだ」

そう言うと、鈴木主任はポツリポツリと本音を漏らしていった。

「実家の仕事も覚えなきゃいけないし、従業員とも一から関係を築かないといけない。おまけに両親が楽しみにしていた結婚も、なくなっちゃったしね。帰りづらいよ」

力なく笑う彼に、息が詰まるほど胸が苦しくなる。

「慣れない環境でも、彼女がそばにいてくれたら、乗り越えられると思っていたんだ。

できれば、一緒についてきてほしかった」

吐き出された本音に、目頭が熱くなる。鈴木主任の、彼女に対する気持ちが伝わってくるから。

なんて声をかけたらいいのかわからず、ただ彼を見つめることしかできない私に、鈴木主任はまた無理して笑った。

「ごめんね、こんな話しちゃって。……俺にとって、小野寺さんはやっぱり妹のような存在だから、つい愚痴をこぼしちゃったよ。……もう決めたことなのに、いつまでもこうやってウジウジしているような女々しい男だから、フラれちゃったのかもしれないね。自分でも嫌になるよ、こんなダメ男で」

そんなに自分を卑下しないでほしい。鈴木主任は素敵な人なんだから……！

思いが溢れて止まらず、口に出してしまった。

「そんなことないです！　……私、鈴木主任のこと好きでした！　誰に対しても優しくて仕事に一生懸命で。鈴木主任のそばにいると、自然と笑顔になれて和まされて……そういうところに、すごく惹かれてました」

私の突然の告白に、鈴木主任は目を丸くさせた。

自分の気持ちを伝えるつもりはなかった。……でも、言わずにはいられないよ。

「不安になって当たり前です！　帰りづらいのだって、彼女に対する想いだって誰もが同じことを考えてしまいますよ。鈴木主任はダメ男なんかじゃありません！　優しくて素敵で尊敬できる、そんな男性です！」

だから、もう自分を責めないでほしい。彼をまっすぐ見据えて言うと、鈴木主任は何度も目を瞬かせたあと、ふわりと笑った。

「ありがとう、俺を励まそうと好きって言ってくれて。……嬉しいよ」

嘘じゃないのにな。好きって気持ちは本当だったけれど……それを伝えても、信じてくれなさそう。

「俺……小野寺さんと出会えて、本当によかった。最高の褒め言葉をもらえたし、向こうでも頑張れそうな気がしてきたよ」

「鈴木主任……」

私を安心させるように、両手拳をギュッと握りしめる姿に口元が緩んでしまった。

「庶務課の皆はいい人ばかりだし、サポートしてくれると思う。……俺がいなくなっても、きっと大丈夫。むしろそのほうが、小野寺さんも皆も仕事の効率が上がるかもしれないし」

「それは……そうかもしれませんね」

思わず本音を漏らしてしまうと、鈴木主任はがっくりうなだれた。

「小野寺さんってば、そんなハッキリ言わないでよ！」

抗議してきた彼だけれど、その目は笑っている。

顔を見合わせると、どちらからともなくクスクスと笑ってしまった。

やっぱり私、鈴木主任がまとっている優しい空気が好き。一緒にいると、自然と今みたいに笑顔になれるから。

少しすると、鈴木主任は優しい眼差しを向けてきた。

「わからないことがあれば、庶務課の皆が助けてくれると思う。だから、仕事頑張ってね。……そして神さんと幸せになって」

「鈴木主任……」

すると、彼は照れ臭そうに頭をかきながら言った。

「小野寺さんが幸せになってくれたら、俺も嬉しいから。……いつか、いい報告が届くのを楽しみにしているね」

そんなことを言われてしまったら、泣きそうになる。

「っと、ごめん！　昼休みだいぶ過ぎちゃったね。残りはまた午後からにしよう」

「あっ、はい」

そこで話は終わってしまい、溢れそうになる涙をこらえながら資料を片づけ、鈴木主任とともに休憩に入った。

それから午後、業務時間の半分をかけてようやく引き継ぎを終えた。

「私も先輩から聞いた時はびっくりしたよ。まさか、冴えない眼鏡が退職するだけじゃなくて、結婚まで白紙になったとは」

「……うん」

今夜は、本当は神さんが家に来る予定だったけれど、急な接待が入ってしまい、明日へと延期になった。

それを知った亜紀に誘われ、連れられてやってきたのは、よくふたりで訪れている居酒屋。騒がしくて賑やかな店内でビールを呷《あお》る中、話題は鈴木主任のことになる。

どうやら、たった一日で営業所中に話が広まってしまったようで、亜紀の耳にも入っていたようだ。

それも納得できる。鈴木主任は営業所内では、イジられキャラとしてちょっとした有名人だったから。

突然の話に、皆驚いたよね。

「何？　会った時からずっと元気ないけど、まさかあんた、また冴えない眼鏡に気持ちが揺らいでいる……なんて言うんじゃないでしょうね？」

押し黙ってしまった私を疑いの目で見てくる亜紀に、慌てて両手を左右に振った。

「そんなわけないでしょ!?　……それに気になってしまうのは当たり前じゃない。鈴木主任は私の上司なんだから」

すぐに否定すると、亜紀は大きく息を吐いた。

「こっちは心配しちゃうわよ。美月ってば、恭様にドタキャンされたことより、冴えない眼鏡のことで頭がいっぱいって感じなんだもん」

「それは……そうもなっちゃうよ。神さんには明日会えるし」

正直、神さんから今日は会えないって連絡をもらって、残念に思うよりも少しホッとしてしまった。鈴木主任のことで頭がいっぱいのまま、神さんと会いたくなかったから。

「それに……もしかして自分と恭様が遠距離恋愛になることと、冴えない眼鏡たちのことを、重ねて考えちゃったわけ？」

さすがは亜紀だ。私の考えることなんて、お見通しなのかもしれない。

小さく頷くと、亜紀はまた大きなため息を漏らした。

「あんたたちは違うでしょ？　確かに数ヵ月は離れちゃうけど、ずっとってわけじゃないし、恭様は最終的に東京本社に勤めるだろうしさ」

「それはそうだけど、さ……やっぱり気になっちゃうじゃない？　環境が変わるってだけで、鈴木主任たち婚約が破棄になったんだよ？」

力説するも、亜紀は呆れ顔を見せた。

「同じ状況になったとしても、皆が皆、冴えない眼鏡たちのようになるわけじゃないでしょ。恭様なら美月ひと筋って感じだから、大丈夫じゃないの？　第一、あんたが信じないでどうするのよ」

もっともなことを言われ、返す言葉が見つからない。

「何よ、今さら離れるのが怖くなっちゃったわけ？」

また核心を突いてきた亜紀に、深く頷いた。

「うん。やっぱり不安になるものでしょ？　相手はあの神さんだし」

ポツリと愚痴を漏らすと、亜紀は前のめりになってまくし立てる。

「バカね。だから、『あんたが信じないでどうするの』って言ってんの！　不安になる気持ちはわかるけど、こればかりは仕方ないことでしょ？　それとも何？　あんたは付き合い始めたばかりだっていうのに、恭様に結婚してほしいわけ？」

かなり飛躍した亜紀の話に、面食らってしまう。

「そんなこと、ひと言も言ってないでしょ？」

「私にはそう聞こえたけど？」

亜紀はシレッとそう言うと、椅子の背もたれに体重を預けた。

「冴えない眼鏡たちは縁がなかった。残念だったとしか言えないけど、あんたたちは違うでしょ？　これからなんだから。あまり恭様を追い込まないことね。彼は今が一番大事な時期だってこと、理解してるんでしょ？　だったら支えてあげないと」

その言葉で思い出されるのは、付き合う前に偶然聞いてしまった神さんへの陰口。そうだよね、神さんは今頑張ってるんだ。次期社長という重圧に負けないように、日々勉強している。

亜紀の言う通り、支えてあげられる存在にならないとダメじゃない。彼を幸せにしたいって気持ち……忘れるところだった。

「ありがとう亜紀。大事なことを思い出せた」

お礼を言うと、彼女の険しい表情も解けた。

「それならよし！　あんたのことを受け止めてくれる恭様を、大切にしなさいよね」

「……うん」

鈴木主任が退職してしまうのは寂しいし、結婚も白紙になってしまって心配だけど、私にできることは、笑顔で鈴木主任を送り出してあげることだよね。そのためにも、鈴木主任が今まで頑張ってきた仕事をしっかり引き継がないと。

そして神さんが大変な時に、不安がっている場合じゃない。しっかりしないと。

それから亜紀と他愛ない話をしながら、帰路についた。

「悪かったな、美月。昨夜はドタキャンしちゃって」

「いいえ、仕事なら仕方ないです。気にしないでください」

翌日の夜、二十時過ぎ。神さんは約束通り自宅を訪れてくれていた。

少しだけ呼吸が乱れていて、走ってきてくれたのかと思うと、胸がキュンと鳴ってしまう。

「狭いですけど、どうぞ」

「お邪魔します」

何度か送ってもらったことはあったけれど、神さんが家の中に入るのは初めてだ。

部屋の掃除はくまなくしたつもりだけど……大丈夫だよね？

彼が興味深そうに部屋の中を見回すものだから、気になってしまう。

「えっと、すぐに夕食の準備しますね」

落ち着かなくて、そそくさとキッチンへと向かった。

けれど、1LDKの我が家はカウンターキッチンになっているから、リビングから神さんの視線を嫌でも感じてしまい、動きがぎこちなくなってしまう。

「あの、神さん……視線が気になって作りづらいので、テレビでも見ていてもらえると助かるのですが」

すると、神さんはキョトンとしている。

「え、ダメ？　こんな機会なかなかないから、目に焼きつけておきたいんだけど」

「ダメです！　準備ができませんから」

抗議するように言うと、神さんはクスクスと笑いながらも「わかったよ」と言うと、ソファに腰を下ろし、テレビの電源を点けた。

その姿にホッとし、作っておいた料理の盛りつけに取りかかった。


「ごちそうさまでした。美味かったよ」

「お口に合ってよかったです」

神さんがどれくらい食べるかいまいちわからなかったから、少し多めに作ってしまったけれど、すべて完食してくれた。それが嬉しくて、頬が終始緩みっぱなしだ。

それから「片づけ手伝うから」と言ってくれた神さんとふたりで食器を洗い、コーヒーを淹《い》れてソファでゆっくりテレビを見ている。

いつもはひとりでのんびりくつろいでいるソファに、神さんと一緒に座っているのだから、なんだか不思議だ。

何げないこの時間が、幸せだなって感じてしまうよ。

テレビ番組が終了すると、どちらからともなく息が漏れてしまう。

「面白かったな」

「はい。久し振りに見たから特に」

ふと時計に目をやれば、二十三時になろうとしていた。

確か神さん、明日は土曜日だけど、休日出勤で朝も早いって言っていたよね。それなら、あまり遅くまで引き止めるわけにはいかない。

そう思い、コーヒーを飲んでいる彼の様子を窺いながら、それとなく切り出した。

「神さん、疲れていませんか？　明日も朝早いんですよね？」

「あぁ、朝イチで東京駅。日帰りで大阪まで行かなくちゃいけなくてな」

大阪!?　まさか日帰り出張だったとは……！

「すみません、それなのに遅くまで引き止めてしまって」

慌てて立ち上がり、ハンガーにかけておいた彼のジャケットを取りに行こうとした時、背後から神さんが問いかけてきた。

「なんで謝るわけ？　俺が来たくて来たんだから、美月が気にすることないだろ？」

「でも……」

振り返ると、神さんは手にしていたカップをテーブルに置き、立ち上がった。

「飛行機の中で眠れるし。……それに俺、一日くらい寝なくても平気だから」

向かい合い、神さんは私を安心させるように微笑んだ。

「それと、さ……」

そしてなぜか私の腕を取り、ソファに座るよう促してきた。

「神さん？」

促されるまま座ると、神さんはジャケットを手に戻ってきて、私の隣に腰かけ、様子を窺いながら口を開いた。

「あのさ、美月……その、言いにくいことなんだけど、さ……」

いつになく目を泳がせて動揺している彼に、変な緊張感に襲われてしまう。

え、神さん一体どうしたんだろう。さっきまであんなにリラックスしていたよね？

楽しそうにしていたよね？　もしかして何か嫌なこと……？

そんな考えが頭をよぎる中、神さんは言いにくそうに話しだした。

「偶然だったんだけど、さ……悪い、昨夜の話聞いていたんだ」

「え、昨夜の話……？」

意味がわからずオウム返ししてしまう。

けれど神さんは目を泳がせながら、ポツリポツリと話しだした。

「接待で二軒目に行った居酒屋に、偶然美月と榊原さんが来てさ。……席も近くて嫌でも耳に入ってきてしまって」

ちょっと待って。居酒屋ってもしかして、昨日の？　嘘でしょ……？　それじゃ、あの時亜紀と話していた内容を神さんに聞かれてしまったってこと？

まさかの事態に声が出せず、口をパクパクさせてしまう。

そんな私を横目で見て、神さんは目を伏せた。

「悪かった。……最初から全部聞いちまった」

ガーンという効果音が頭の中で鳴り響くと同時に、焦りを覚える。

だって最初から最後までってことは、鈴木主任の話もってことだよね？

以前好きな人がいたとは伝えていたけど、相手が鈴木主任ってことは話していない。

やだ、まさかこんなかたちで知られちゃうなんて。どう思っただろう。

オロオロしてしまっていると、神さんは困ったように眉をハの字に下げた。

「大丈夫、美月に好きな人がいたってことは、前に聞いて知ってたから。それに彼なら納得。人がよくて愛嬌があるって評判は、よく耳にしていたし。だから、そんな怯《おび》えた顔するな」

神さんは私を落ち着かせるようにそっと抱き寄せ、背中を優しく撫でてくれた。

「それに今、美月が好きなのは俺だろ?」

少しだけ身体を離され、顔を覗き込んでくる彼に面食らってしまうけれど、もちろん彼の言う通り。私が今好きなのは鈴木主任じゃない、神さんだ。

恥ずかしくなるも頷くと、神さんはどこか安心したように小さく息を漏らした。

「よかった。ここで『違う』って言われたら、どうしようかと思ったよ」

「そんなわけないじゃないですか。……私が好きなのは、神さんです」

神さんを安心させたい一心で言ったものの、目をパチクリさせる彼を前に、顔が熱くなってしまう。

「ほっ、本当のことですからねっ!」

時間が経てば経つほど恥ずかしくなり、照れ隠しに念を押すと、神さんはふわりと笑った。

「わかったよ。……じゃあ俺も本音を言わせてもらう」

そう言うと、神さんは私の身体を離し、真剣な表情で見つめてきた。

その瞳に吸い込まれそうになり、目を逸らせなくなる。

「昨夜の美月と榊原さんの話を聞いてさ、ちょっとショックだった。美月を不安にさせていたのかと思うとさ」

「それはっ……！」

申し訳なさそうに話す神さんに声をあげるも、彼はすぐに畳《たた》みかけてきた。

「それに俺は、美月に支えてもらわないといけないほど、弱い人間になりたくない。むしろ、その逆。俺が美月を支えてやりたいと思ってる」

神さん……。

嬉しい言葉に心が震えた。

「それとさ、引かれそうだったから、もう少ししてからと思っていたんだけど……」

そう言うと神さんは、さっき持ってきたジャケットのポケットの中から、何かを取り出し、私に差し出した。

「これは……？」

差し出された物と神さんを、交互に見てしまう。

だって目の前にあるのは、可愛くラッピングされた小さな箱だったのだから。

すると彼は、私の瞳を捕らえたまま言った。

「美月と出会ってまだ間もないし、付き合い始めて一ヵ月も経っていないけど、俺は美月と出会えたのは運命だと思ってる。こんなに人を好きになったのも、これから先もずっと一緒にいたいと思うのも、美月だけだから。……この気持ちは一生変わらない自信がある」

ひと呼吸置くと、彼は少しだけ眉尻を下げた。

「長く付き合って、一緒に暮らさないとわからないことばかりだ、ってよく言うけど、俺は一緒に過ごした時間の長さは関係ないと思ってる。……大切なのはお互いの気持ちだから」

熱い視線を向けられたまま、ラッピングされた箱をそっと手に載せられた。

「一時的だって頭ではわかっているけど、少しの時間でさえ美月と離れたくないんだ。会いたい時に会えない距離にいるのはつらい。俺はまだ半人前だし、今は仕事を覚えることが先決だけど、それでもやっぱり美月と一緒にいたい。美月がそばにいてくれる限り、なんでもできる。どんなにつらいことがあっても、乗り越えられる」

どうしよう、目頭が熱くなってしまうよ。

それでも溢れそうになる涙を必死にこらえ、神さんをまっすぐ見据えた。

「美月、俺と結婚してくれないか？　結婚してついてきてほしい。……一生幸せにするから。美月の望む幸せを俺も一緒に感じたい。ふたりで温かい家庭を築いていこう」

必死にこらえていた涙が、一気に溢れだしてしまった。

神さんがくれたプロポーズは、私がずっと欲しかった幸せへの切符だから。

「わ、私でいいんですか？　私じゃ、神さんと不釣り合いじゃないですか……？」

神さんは我が社の次期社長。一方の私は、ただの一社員でしかない。それなのに、私でいいの……？

震える声で問いかけると、神さんは目を細めて優しく親指で涙を拭ってくれた。

「俺の相手は美月以外、考えられない。ほかに誰がいるっていうんだよ」

夢みたいだ、こんなこと。まさか神さんにプロポーズしてもらえるなんて。

「美月を不安にさせたくないし、何より俺が一緒にいたいんだ。だから、結婚してほしい」

言葉が出ず、何度も頷いた。

それは私のほうだよ。私のほうが神さんと一緒にいたい。

感極まって、受け取った指輪の箱をギュッと握りしめてしまう。

「よかった、引かれなくて」

神さんは私の身体を抱き寄せ、安心したように息を漏らした。

「そんな、引くわけないじゃないですか……」

涙をこらえながら言うと、神さんは「それでも不安だった」と返す。

「付き合い始めたばかりでプロポーズだなんて、普通は引くだろ？　だから安心した」

抱きしめる腕に力が入った瞬間、胸がギュッと締めつけられてしまった。

「今すぐに結婚したいところだけど、やることはやらないとな。まずは美月の親御さんに挨拶に行って、俺の両親にも紹介して。今後のことを話し合って。……とりあえず、青森での研修が一段落ついてからだな」

そう、だよね。神さんはもう少しで青森に行っちゃうんだ。

「向こうでの仕事に慣れるまで、少し待っててくれる？　一生に一度のことだし、焦りたくない。ちゃんとしたいから」

「……はい」

不思議。彼と離れることがずっと不安だったのに、永遠の約束をもらえただけで、安心できてしまったのだから。

「神さんのこと、待っています」

そう伝えると、さらに強い力で抱きしめられてしまった。

「それヤバい。……いいな、待っていてくれる人がいるって。俄然《がぜん》やる気が出た」

そう言って、顔を綻ばせた神さんにつられるように、私の頬も緩んでしまった。

人生で一番幸せを感じたこの日を、きっと一生忘れないと思う。

神さんがくれた永遠の約束。これからもずっと彼といる証の指輪……。

幸せすぎて怖いくらいだった。

これからも神さんと、たくさんの幸せを感じていたい。そう願ってしまった。心の中で、何度も何度も――。

心に決めました

神さんにプロポーズされてから一週間後。彼は笑顔で青森に行ってしまった。

それからさらに一週間後、鈴木主任もまた職場を去った。

鈴木主任は遠慮していたけれど、送別会を行い、いつもの飲み会のように皆で騒いで笑って。そして勤務最終日、終業後に皆からお花と寄せ書きを渡すと、鈴木主任らしく号泣したのは言うまでもない。

最後まで鈴木主任は、鈴木主任だった。彼らしく笑顔で泣きながら「ありがとう、一生忘れない」と言い、去っていったんだ。


一ヵ月後――。

「小野寺さん、物品の請求書のほうは終わっているかな？」

「あっ、はい」

課長に言われ、慌ててデスクの上に置いていた請求書を手に、彼のデスクへと急ぐ。

「よろしくお願いします」

「うん、確かに。さすが小野寺さんだね、鈴木の言っていた通り、任せてよかったよ」

「ありがとうございます。失礼します」

一礼し、そそくさと自分のデスクへと戻った。

鈴木主任がしっかりと引き継ぎをしてくれたおかげで、この一ヵ月、特に大きなトラブルもなく、今日も庶務課は通常運転。それぞれの仕事を皆そつなくこなしている。

「小野寺さんも、しっかり一人前ね」

「小川主任」

声をかけてきたのは、鈴木主任の後任として昇格した小川主任だった。

「鈴木主任も本望でしょ。お気に入りの子の成長を見届けて、退職できたんだから。でもまぁ、彼ひとりいなくなっただけなのに、まるで別の職場みたいね。静かだし、大きなトラブルもない。笑い声も起きない普通の職場になっちゃって、ちょっと寂しいわね」

「……そう、ですね」

しみじみ話す小川主任に、切なくなってしまった。

彼女の言う通り、たったひとりいなくなっただけなのに、雰囲気ががらりと変わってしまった。それだけ鈴木主任の存在は大きかったんだと思う。

常に皆の中心にいて、ミスばかりしていたけれど、どこか憎めない人で。周囲の些《さ》細《さい》な変化にも気づいてくれた人。

そんな人がいなくなってしまったんだもの。雰囲気が変わって当たり前だよね。

「それに、小野寺さんも来月いっぱいでいなくなっちゃうし。……もったいないなぁ、残念」

「……すみません」

ここまで育ててくれた先輩たちへの恩義があるので、胸がチクリと痛む。

「けどまぁ、仕方ないわよね。結婚する相手が相手だし。私も早くいい相手を見つけないと」

両腕を上げて気合いを入れたのか、小川主任はパソコンと向き合い始めた。

彼女に習って私も仕事を再開する。パソコンキーを打つ中、つい視線がいってしまうのは、左手薬指に輝くダイヤモンド。

神さんが青森へ行ってしまってから一度も会えていないものの、毎日メールや電話で連絡を取り合っていた。

私は結婚を機に来月末で退職して青森に行くことに決め、会社にも伝えた。仕事は楽しいし、庶務課の先輩たちも皆いい人だから、できれば続けたい気持ちはあるけれど、それ以上に神さんのそばにいたいって思いのほうが強い。

お互いの家にはまだ挨拶に行っていないけれど、それぞれ話はしてある。

この前、久し振りにお母さんに連絡を取ったら、ひどく驚きつつも喜んでくれて、神さんに会えるのを楽しみにしているようだ。

神さんも両親に話したとは言っていたけれど……怖くて彼の両親の反応を聞けずにいる。神さんは『大丈夫』の一点張りだけど、本当かな？

とりあえず早急に籍を入れて、挙式などは神さんの仕事が落ち着いてからにする予定だ。

青森での研修はあと三ヵ月ほどだと聞いた。その後も、神さんの研修が終わるまで、全国どこへでも一緒についていくつもり。

誰も知らない場所での生活に、不安がないと言ったら嘘になるけれど、それでも神さんと一緒にいられるなら、乗り越えられる気がするの。たとえ彼の家族に反対されたって、彼がそばにいてくれるのなら頑張れると思うから。


「引き継ぎはまだやっていないんだ？」

「うん、来月いっぱいいるしね」

　この日の昼休み。午後から営業に出る亜紀に合わせ、ふたりですぐに食べられる定食屋に来ていた。

　それぞれ注文した煮魚定食と野菜炒《いた》め定食を頬張っていると、亜紀がしみじみ話しだす。

「いよいよ来月かぁ。一ヵ月なんてあっという間に過ぎて、こうやって美月と一緒にランチできなくなっちゃうんだよなぁ」

「……うん」

　そう思うと、しんみりしてしまう。

「美月になかなか会えなくなるのは寂しいけど、あんたが幸せになれるなら嬉しいよ。……数ヵ月前の美月からは想像もできなかったな。まさか恭様と付き合うようになって、こんなに早く結婚決めちゃうとか」

「それは私も。でもね、神さんも言っていたけど、大事なのは付き合っていた期間の長さじゃないと思うの。……なんていうか、その、波長というか……」

　言葉を濁してしまうと、亜紀は箸を休めてニヤニヤしながら言った。

「つまり〝運命〟ってことでしょ？　はいはい、わかりますよ。あんたと恭様は運命の赤い糸で結ばれているって」

「いや、その……」

たじろいでしまう私にかまうことなく、亜紀は話を続けた。

「いいんじゃない？　世の中には、交際数日で結婚を決めちゃう人もいるし。かといってダラダラと長年付き合ってても、結婚しない人たちもいるでしょ？　大切なのは、ふたりの気持ちだと思うから。……私はとにかく美月が幸せになれるのなら、それでいい」

「亜紀……」

親友の思いがけない話に、ジンときてしまう。

「それに同じ日本国内だし、恭様の研修が終わればこの辺に引っ越してくるんでしょ？　会おうと思えば、いつでも会えるしね」

「うん、そうだね」

「つらいことがあったら、いつでも電話してきなさいよ」

「……ありがとう」

どちらからともなく口元を緩め、また箸を進めていく。

「とりあえず引っ越すまで時間が合う時は、なるべく一緒にランチしようね。それと

うから。

社会人になってからできた親友。なかなか会えなくなってしまう分、今のうちにたくさん遊びたい。楽しい思い出があれば、つらいことがあっても乗り越えられると思うから。

お互い食事を堪能すると、定食屋で亜紀と別れ、会社へと戻っていった。

「ただいま」

誰もいないとわかっているけど、つい呟いてしまう。明かりを点け、リビングに行くとソファに腰かけた。

周囲を見回すと、いつもと変わらない風景が映し出されている。

「そろそろ片づけ始めないとな」

休日は亜紀と遊びたいし。仕事だってこれから引き継ぎなどで忙しくなりそうだから、引っ越しの準備はなるべく早めに取りかかりたい。

ひと息ついたところだけど、少しずつでもまとめ始めようかと重い腰を上げた時、スマホが鳴りだした。

もしかして……。バッグの中からスマホを取り出し、相手を確認する。画面に神さんの名前が映し出されただけで、口元が緩んでしまった。

「もしもし」

『あ、美月、今大丈夫か？』

再びソファに腰を下ろし、「大丈夫です」と答えた。

「今日はもう仕事終わったんですか？」

『あぁ、どうにかな』

異動してからというもの、覚えることが山ほどあるせいか、神さんの帰りはいつも遅い。休日も出勤しているようだし、ちょっと身体が心配だ。

「あまり無理しないでくださいね」

電話では声しか聞けず、神さんの顔色を窺うことができないから、余計に気になってしまう。

するとと電話口からは、クスクスと笑い声が聞こえてきた。

『電話で話すたび、美月はそのセリフを言うよな』

「そっ、それはっ……！　心配して当然じゃないですか」

面と向かってはなかなか素直に言えないことも、電話だと口にできてしまう。会えないのは寂しいけれど、悪いことばかりではないと思う。

『当然……か。じゃあ、直接会って確認してみてよ。俺が無理しているかどうか』

「え……？」

それって、もしかして……？

『来月の始め頃には仕事も落ち着くし、週末は休めると思う。……数ヵ月だけとはいえ、初めて住むところだろ？　一度来てみないか？　よければ金曜夜からでも』

「いっ、行ってもいいんですか？」

思わず聞き返すと、神さんはまたクスクス笑いながら『もちろん』と言った。

『ふたりでゆっくり過ごそう』

「神さん……」

夢みたいだ。彼は来月いっぱいまで仕事が忙しいから、ずっと会えないと思っていたのに。

「じゃっ、じゃあ本当に行きますよ？」

『あぁ、待ってるよ』

「会えるの、楽しみにしています」

『俺も』

その後、少しだけ話をして電話を切ったものの、嬉しくて興奮冷めやらない。

「何を着て行こうかな」

会えるのは一ヵ月以上ぶりだもの。嬉しくてしょうがないけれど、久し振りだからちょっぴり緊張しちゃうかも。それもまた楽しみに思えてしまうのだから、今の私は、相当浮かれているかもしれない。

少しでも部屋の荷物を片づけようと思っていたけれど、そんな気分になどなれず、クローゼットを開けて、着ていく服を選んでしまっていた。


翌朝。

いつも通り出勤し、皆に挨拶しながら自分の席に着いた途端、バタバタとこちらに駆け寄ってくる足音が、オフィスの外から聞こえてきた。

朝の始業前の穏やかな時間に突如響く騒がしい音に、皆の視線は自然とドアのほうへと向かっていく。

すると、ドアが勢いよく開かれた。

「いたっ、小野寺さん‼」

ドアの向こうからやってきたのは、いつになく切羽詰まった様子の課長。息も絶え絶えになりながら、私のもとに一目散に駆け寄ってきた。

「かっ、課長……？」

あまりの形相に、私は思わず立ち上がり、いまだに肩を上下させている課長を凝視してしまう。

初めて見る課長の姿に、先輩たちも何事かと様子を見守っていた。

「いっ、今すぐ……っ」

「今すぐ？」

「いっ、今……今すぐ本社へ向かいなさい」

予想外のセリフに、目が点になってしまう。

「本社……ですか？」

わけがわからず確かめるように尋ねると、課長は何度も頷いた。

「そうだ、社長がお会いしたいそうだ。……だから、今すぐに向かってくれ」

〝社長〟……。その響きだけで心臓が飛び跳ねてしまう。

だって本社にいる社長は、神さんのお父さんなのだから。〝話〟って間違いなく神さんとのことだよね？　神さん、両親に私とのことを話したって言ってたし。

「小野寺さん、ほら早く！」

「あっ、はい」

急かすように言われ、慌ててバッグを手に取った。

「仕事のことは気にしなくていいから、くれぐれも！　粗相《そそう》のないようにね」

「はっ、はい」

課長の顔がズイッと迫ってきて、しっかり釘を刺されてしまった。

「では、いってきます」

「粗相のないように‼」

さっきと同じ言葉を繰り返す課長と、様子を窺っていた先輩たちに見送られ、不安を抱えながらオフィスをあとにした。


「相変わらず大きいなぁ」

あれから急いで本社に向かい、十五分ほどで辿り着いたものの、地上二十階建てのビルを見上げて、怖気《おじけ》づいてしまう。

関東営業所とは比較的近い距離にある本社。入社式や研修期間中はこちらに通っていたけれど、久し振りに来たせいか異様に大きく見えてしまう。

「課長に言われるがまま来てしまったけど……」

これからのことを考えると、不安と恐怖でいっぱいだ。

勤務中に呼び出すくらいだもの。……いい話ではない気がする。それに、神さんがいない時だもの。なおさらその可能性大だ。

でも、彼とこの先もずっと一緒にいるためには、避けては通れない道だよね。遅かれ早かれ、会うことになるわけだし、それが少し急だっただけ。

怖い気持ちを必死に抑え込み、いざ本社へと足を踏み入れた。

「社長はこちらでお待ちしております」

「ありがとうございます」

あれから恐る恐る受付に向かうと、話が通っていて、すぐに社長秘書の女性が迎えに来てくれた。

そして向かった先は、最上階の社長室前。

「失礼します」と丁寧に一礼して去っていく秘書を見送りながらも、社長室のドアを前に、一気に緊張が増してしまう。

この立派なドアの向こうに、神さんのお父さんである社長がいるかと思うと、足がすくんでしまい、このまま帰りたくなる。

けれど、ここまで来たんだもの。覚悟を決めないと。

ギュッと両手の拳を握りしめ、小さく深呼吸をして三回ノックすると、すぐに中から声が聞こえてきた。

「はい、どうぞ」

優しさを含んだ声に、緊張が最高潮に達する中、こわごわとドアノブに手をかける。

「失礼します」

ゆっくりとドアを開けると、窓からの日差しが眩しくて目を細めてしまう。

「悪かったね、突然呼び出して」

そんな中、かけられた声のほうへ視線を向けると、歩み寄ってきてくれたのは、入社式や社内報で何度も見ていた、今年で五十九歳になる社長だった。

自然と背筋がピンと伸び、近づいてくる社長にあたふたしてしまう中、彼は私の一歩前で立ち止まると、にこやかな笑顔を向けてきた。

「初めまして、会えて光栄です」

「あっ、初めまして！　小野寺 美月と申します」

慌てて頭を下げると、すぐに「顔を上げて」と穏やかな声が降ってくる。

言われるがまま顔を上げれば、社長と視線がかち合った。

間近に見る社長の顔には、どこか神さんの面影がある。あぁ、やっぱり彼のお父さんなんだな、って実感させられてしまった。

「どうぞこちらへ」

「失礼します」

そう言って、社長室の中に入った。けれど部屋の中心に置かれた、応接用のソファに座る人物を視界が捕らえた瞬間、足が止まってしまった。

え、誰……？

五十代くらいのスーツ姿の男性は、ためらいがちにゆっくり立ち上がった。そして、私の様子を窺うようにじっと見てくる。

社長室にいるのは、社長だけだと思っていたのに、見知らぬ男性がいて戸惑いを隠せない。

たじろいでしまっていると、なぜか男性の目はみるみるうちに潤んでいった。

えっ、泣いている……？

思いがけない事態に、どうしたらいいのかますますわからなくなる。

この状況を打破してくれたのは、社長だった。

「おい、まだ何も話していないのに、泣くヤツがいるか」

「……すまん」

男性は慌てて背を向けると、ポケットからハンカチを取り出し、目元を拭った。

状況が把握できない中、社長は申し訳なさそうに言った。

「悪いね、ちゃんと順を追って説明するから。彼の隣に座ってもらってもいいかな？」

「あ、はい」

彼とはもちろん、この泣いている男性のことだよね？

躊躇してしまうも、私に拒否する権利はない。足を進め、彼の様子を窺いながらそっとソファに腰かけた。

「ほら、お前も座れ」

「あっ、あぁ」

社長に促され、男性が私と距離を取って隣に座った瞬間、ソファがギシッと音をたてる。

会話からすると、ふたりは知り合い……だよね？　それも、結構付き合いが長い？

そんなことを考えていると、社長がゆっくりと口を開いた。

「えっと……まずは私のことから話そうか」

いよいよ本題を切り出され、目の前に座る社長を見つめてしまう。

「恭介から話は聞いたよ、小野寺さんと結婚したいと」

予想通りだ。話ってそのことしかないよね。やはり反対されてしまうのだろうか。

一気に不安が押し寄せる中、社長は思いがけないセリフを言った。

「もちろん、私は賛成だよ」

「……え？」

てっきり反対されるものだとばかり思っていたから、ずいぶんと間抜けな声が出てしまった。

「反対する理由はないさ。結婚で一番大切なのは、お互いの気持ちだと私は思うからね。ただこれは、私個人の意見でしかない。言いにくいんだが、妻……恭介の母親と恭介にとって祖父に当たる会長が難色を示していてね」

言葉を濁す社長に比例するように、私の表情も曇っていく。

「そう、ですよね」

当たり前だよね。一社員でしかない私が相手だもの。社長に反対されなかっただけでも、奇跡みたいなものだ。

「それにふたりの結婚に関して、心配している人間がいる」

え、心配している人？

なぜか社長は、私の隣に座る男性をチラリと見た。

つられるように隣を見ると、男性は困ったように頭をかいている。

「ほら、なんのために勤務中の彼女をわざわざ呼び出してやったと思ってるんだ。いい加減、名乗れ」

「わかっている」

ふたりの間で交わされる話に、ついていけない。そもそも、この人は一体誰なのだろうか。この場に一緒にいるのはなぜ？

ますます疑問が増す中、男性は観念したように大きく息を吐くと、身体を私のほうへ向けた。そして真剣な面持ちで私の瞳を捕らえる。

あれ、この人……？

真正面から男性と向き合うと、どことなく見覚えがあって首を傾げてしまう。

ちょっと待って、やだ。……もしかして。

私がまだ家庭の事情を知らなかった幼い頃、家のリビングに飾られていた、私が生まれたばかりの写真。そこにはお母さんと、もうひとり写っていた。

誰だか聞くと、お母さんはその写真をどこかに隠してしまったから、うろ覚えだけど……。似ている、あの写真の人に。それに目元が……私に似ている？

バクバクと心臓が鳴る中、男性は私を愛しそうに見ながら静かに言った。

「大きくなったな、美月」

呼ばれた名前に目を見開いてしまう。どこか懐かしむような瞳を向けられてしまい、動揺を隠せない。

「会わないつもりだったんだが……いても立ってもいられなくてな」

その言葉に、心臓が大きく飛び跳ねた。と同時に確信してしまう。まだ名乗られていないけれど、間違いない、この人は私の父親なんだと。

突然のことに呆然としていると、男性は小さく頭を下げた。

「今さら突然現れておいて、父親面されるのは不本意かもしれないが、大切な娘の人生がかかったことだ。神の息子と結婚すると聞いて、少し心配になってね。神にこの場を設けてもらったんだ」

驚きのあまり、言葉が出ない。父親が急に目の前に現れたってことにも、神さんとの結婚を懸念されていることにも。

顔を上げた男性……お父さんは、大きく瞳を揺らして悲願するように言った。

「美月には幸せになってもらいたいんだ」

幸せになってほしいって……何それ。お金だけ払って、今までずっとほったらかしにしていたのに、どうしてそんなことが言えるの？

頭に浮かぶのは、幼少期のつらい記憶ばかり。

生活には困らないほど援助してもらってきたけれど、父親らしいことをしてくれたこともないし、むしろ会ったことすらない。

思い返しているうちに怒りが込み上げてきて、拳をギュッと握りしめてしまう。

「本当に、神の息子で……いいのか？」

「二十三年間、一度も会いにさえ来てくれなかったあなたに、どうしてそんなことを言われなくちゃいけないんですか⁉」

カッとなり、気づいたら声を張り上げ、立ち上がってしまっていた。

驚く彼に、思いをぶつけていく。

「お母さんと結婚せずに認知だけして、お金を入れるだけで、父親らしいことを全くしてこなかったあなたに、どうこう言われる筋合いはありません！　私がっ……どんな思いで今まで過ごしてきたか、あなたにわかるんですか⁉」

「美月……」

怒りで声が震えてしまう。彼の切なげに揺れる瞳に、怒りがますます込み上げた。

そんな目で私を見ないでほしい。泣きたいのはこっちのほうだ。

「神さんがいいんです。彼とこの先もずっと一緒にいられたら、私は幸せなんです。……私のことなんて何も知らないくせに、勝手なことを言わないでください」

次第に視界がぼやけてしまう。慌てて涙を拭った瞬間、ふと感じる視線。

やだ、私ってば社長がいる前で……。

「すみませっ……」

残った涙を必死に拭い、おずおずとソファに腰を下ろした。

「いや、小野寺さんが怒るのも当然だ。コイツ……高岡《たかおか》は小野寺さんに、それだけのことをしてきたのだから」

宥《なだ》めるように発せられた言葉に、拭ったはずの涙がまた溢れてしまいそうだ。

「高岡、一度、席を外してくれないか？」

「……え」

「まずは俺が小野寺さんと話したい。今の状況では落ち着いて話もできないだろ？」

社長が言うと、お父さんは押し黙ってしまった。そして少し経つと「わかった。終わったら呼んでくれ」と言い残し、社長室から出ていった。

パタンとドアが閉まる音が響くと、一気に静寂に包まれる。冷静になればなるほど、先ほどの自分の言動を後悔してしまった。

「すみません……」

再度、謝罪の言葉がポツリと漏れてしまう。

「いいえ、私のほうこそ悪かった。友人の必死の頼みで、小野寺さんに許可も取らず会わせてしまったのだから」

言葉が出てこず、曖昧な笑みを浮かべることしかできない。

「だけど、これだけはわかってほしい。あいつは本当に小野寺さんのことをいつも大切に思っていたことを」

「え……」

にわかには信じがたい話に、社長を見つめてしまうと、彼は苦笑いした。

「高岡は、小野寺さんのお母さんを真剣に愛していた。それこそすべてを投げ打って、一から人生をやり直そうとしていたくらいにね」

でも、結局はその道を選ばなかったってことだよね？　何を言われたって事実ばかり見てしまう。

「小野寺さんには理解できないことかもしれないが、跡取り息子にはそれなりの責任と重圧があってね。私も悩んできたから、高岡の気持ちは痛いくらいわかるんだ。そう思って聞いてほしい。いいかな？」

社長にそう言われてしまっては、断れない。

頷くと、社長はホッとして言葉を選ぶように話しだした。

「高岡とは同い年で、高校から大学まで一緒でね。それにお互い親が企業家ということもあって、意気投合して。……だから、高岡が小野寺さんのお母さんと出会った時から知っているんだ」

そうだったんだ……。

両親の馴《な》れ初《そ》めについては聞いたことがなかったので、耳を傾ける。

「ふたりは互いを想い合っていたよ。見ているこっちが、うらやましくなるくらいにね。ふたりなら、周囲にどんなに反対されたって、ずっと一緒にいると信じて疑わなかった。……でも所詮、私たちの人生は生まれた時から決められているんだ。会社を継ぐっていう道しかない」

昔を思い出しているのか、遠くを見ながら話す姿に、神さんを重ねてしまった。

神さんも同じことを感じていたのかな？　周囲とは違って、進む道がすでに決まっているという事実を、どんな思いで受け止めているのだろうか。

考えると、胸が痛んでしまった。

「それに昔から両親を見ていたから、嫌でも今後の未来が見えてしまったんだ。普通はお互いが想い合っていれば、それだけで祝福されて結婚できるだろうけど、私たちは少し違っていてね。世間の反応や相手の家柄や素質を問われ、結婚してからも何かと大変なんだよ」

まるで神さんとの結婚後のことを示唆されているようで、ドキッとしてしまう。

「だから、ある程度教養のある方と……っていうのが、代々言われてきたことなんだ。それと大人の事情も絡む。業務提携や金銭的援助などのね」

ゆっくりと言葉を選ぶように説明され、無知な自分に嫌気が差してしまった。

私、神さんと一緒になれるなら、どんなことでも乗り越えられると思っていた。神さんがそばにいてくれるなら、頑張れるだろうと。けれどそれは、浅はかな考えだったのかもしれない。

「それをわかっているからこそ、高岡は親と縁を切るつもりで、小野寺さんのお母さんと一緒になろうとしたんだ。……でもね、そんな矢先にあいつの父親が心筋梗塞《しんきんこうそく》で亡くなってしまって。後継者として、何千人もの人生を背負うことになってしまった。悩んだ末に母親が勧める相手と結婚し、相手から資金援助を受けながら今も頑張っているところなんだ」

そう、だったんだ。事情があったのはわかったけど、今までずっと恨んできただけに、心の中は複雑。『だったら仕方ない』とすんなり受け入れることはできない。

　膝の上でギュッと拳を握りしめてしまった。

「小野寺さんにしたら、あいつは最低な父親かもしれない。けれど、これだけはわかってほしい。子供のことを大切に思わない親などいないんだ。……あいつはあいつなりに、愛情を注いでいたんだよ。こっそりキミの様子を何度も見に行っていたしね」

「嘘……ですよね？」

　思いがけない話に、目が点になってしまう。

　そんな私を見て、社長はおかしそうにクスクスと笑いだした。

「本当だよ。陰でこっそり見ては、何度も警察に通報されていたくらいだ」

　まさか……。私が気づかなかっただけで、遠くから見ていてくれたの？

「運動会や発表会のたびに密かに見に行って、ビデオを回して応援したり、高校や大学の合格発表の時は、朝一番に確認しに行っていたよ。……就職先にうちの会社を選んでくれたのも、お母さんに勧められたからなんだよね？」

「……どうしてそれを？」

　信じられない話ばかりで、頭が混乱してしまう。

「あいつがキミの母親に勧めたんだよ。うちなら業績も安定しているし、何より俺をパイプにして様子を探れるからって」

声を押し殺して笑う社長を目の前に、唖然とするばかり。

「今日だってそうだ。小野寺さんの母親から結婚のことを聞いて、相手が私の息子だと知り、いても立ってもいられなかったようでね、こうやって無理言ってキミと会う場を設けたんだ」

社長が話していることは、本当なの？

だからって、幼少期のつらい記憶が消えることはないし、簡単に信じることはできない。

それを察したのか、社長は私の様子を窺いながら言った。

「もちろん、いきなりこんな話を聞かされても、すぐには納得できないだろうし、戸惑ってしまうだろう。でも、とりあえずあいつの話を聞いてやってくれないかな？人に頼んでおきながら、ここまで来るのにだいぶ勇気が必要だったようだから」

そう言うと、社長はふわりと優しい笑みを浮かべた。

「もう一度言うけど、私は小野寺さんと恭介の結婚に反対してはいないよ。だけど、よく考えてほしい。恭介と結婚することで、どんな生活が待っているのかを。それさえも受け入れてくれるのなら、恭介をお願いしたい。……あとは、あいつの話を聞いて考えてほしい」

「……は、い」

返事をするだけでやっとだった。私はあまりに無知で、もっと軽く受け止めていた。

〝好き〟って気持ちだけで乗り越えられると。

力ない声で返事をすると、社長は安心したように肩の力を抜き、ゆっくりと立ち上がった。

「じゃあ、あいつを呼んでくるから。……話を聞いて、恭介とのことも考えてほしい。父親として、息子には好きな相手と一緒になってほしいが、息子が好きになった女性にも幸せになってほしいから」

その意味を、私はきっと充分把握できていない。

悲しげに微笑む社長に、胸が騒いだ。

社長が部屋を出ていって数分経つと、ドアをノックする音が聞こえて、ゆっくりとドアが開いた。

その瞬間、思わず立ち上がり、ドアのほうへと視線を向けてしまう。

お父さんはドアを閉めたあとも、なかなかこちらにやってこない。

私も私で、なんて声をかけたらいいのか悩んでしまう。意外な事実を知ってしまったから、余計に。

どれくらいの時間、お互い立ち尽くしていただろうか。重い空気の中、先に口を開いたのはお父さんだった。

「神から聞いたんだよな？　その……今までのことを」

「あっ……はい」

戸惑いぎみに発せられた声に頷くと、お父さんは「まいったな」とため息交じりに呟いた。

「別れたあとに、お母さんが美月を身ごもっていることがわかってね。ずっと娘がほしかったから、美月が生まれてきてくれてどんなに嬉しかったか……。だからなおさら可愛くて仕方なかったんだ」

初めて聞かされるお父さんの思いに、胸が痛い。

ゆっくりとこちらに歩を進めながら、お父さんは話を続けた。

「美月が生まれた日のことは、今でも鮮明に覚えているよ。月がとても綺麗な夜でね。だから名前を美月にしたんだ」

そんな理由でつけられた名前だったなんて……。

こんなかたちで知って、困惑してしまう。

「美月が生まれた年に今の妻と結婚し、三年後に子供を授かった。美月にとって三歳下の弟だ。家族のことは大切に思っている。……でも、美月だって、そばにいられなくても父さんの娘だ。生まれた時からずっと、大切に思う気持ちは今も変わらない」

ゆっくり歩み寄ると、お父さんは私の一歩前で立ち止まり、ふわりと笑った。

「だからこそ、父親として言わせてほしい。……いいかな？」

同意を求められ、思わず頷いてしまった。最初はあんなに反発していたのに……ふたりからいろいろな話を聞いたからだろうか。

頷いた私を確認すると、お父さんは「ありがとう」と呟き、目の前のソファに腰を下ろした。

「座って話そうか」

「はい」

腰を下ろして前を見据えると、愛しそうな目を向けてくるお父さんと視線が合い、なんて反応をしたらいいのかわからない。と同時に、神さんとのことで何を言われるのか不安が募り、自然と視線が自分の膝元へと向かってしまった。

「本当、大きくなったな。……まだまだ子供だと思っていたのに、結婚すると聞いた時は腰を抜かしそうになったよ」

穏やかに話す声に、ゆっくりと視線を上げた。

この人がお父さんだなんて、いまだに実感が湧かない。

「本当は父親として祝福してあげたいところだけど、相手が相手だからな。……すまない、いきなり現れた挙句、素直に祝ってやれなくて」

申し訳なさそうに謝る姿に、さっきは怒りが込み上げてしまったけれど、相手が神さんだと、なぜ心配なのだろう。お父さんと神さんが同じ立場だから？

「あの……どうしてそんなに気にするんですか？」

問いかけると、お父さんは再び口を開いた。

「神から聞いたよな？　お母さんと一緒になれなかった理由」

「……はい」

初めて聞く話ばかりで、正直戸惑った。

「お母さんと一緒になるために、家族とは縁を切る覚悟だった。家族には反対されていたから、俺と結婚して嫌な思いをさせたくなかったからね」

反対……やっぱりそうだったんだ。

「私の母親は普通の家庭で育った人だった。父と母は反対を押し切って結婚したようだが、父方は家柄を気にする家系でね。そのせいで親戚一同からひどい嫌がらせを受けて、毎日隠れて泣いていて。しまいには精神的な心労からか、床に伏せることが多くなった。……息子の俺から見て、母親は好きな人と一緒になったはずなのに、幸せそうには見えなかったよ」

お父さんは目を伏せ、気持ちを落ち着かせるように小さく息を漏らした。

「お母さんには、母親と同じ思いをさせたくなかった。だからこそ、駆け落ちしようとした矢先、父親が倒れてしまってね。どうしようもなかった。何千人といる社員を路頭に迷わせるわけにはいかなかった」

苦しげに唇を噛みしめる姿に、当時のお父さんの思いが伝わってきて胸が痛くなる。

「その頃は会社の経営も思わしくなくてね。お母さんと一緒になっても、自分の母親以上につらい思いをさせてしまうと悟って別れたんだ。……美月の結婚を心配する理由はそれだよ。可愛い我が子に、悲しい思いをさせたくない」

切実な思いに胸が打たれる。

お父さんは私のことを思って言ってくれているって、伝わってくる。でも……。

「心配……していただけているのはわかりました。でも私は、だからって簡単に諦められるほど、薄っぺらい気持ちで神さんを好きになったわけではありません」

「美月……」

お父さんの気持ちはわかった。それでも神さんを好きな想いは変わらない。

「正直、神さんと結婚することがどういうことなのか、軽く考えていた部分はあります。……話を聞いて不安にもなりました。それでも、一緒になりたい気持ちだけは、やっぱり変わりませんから」

お父さんの目をまっすぐ見て伝えると、彼は『まいった』という様子で頬を緩めた。

「美月の気持ちはわかったよ。……実は、心配する理由はもうひとつあるんだ」

「え、もうひとつ……ですか？」

聞くと、お父さんは頷いた。

「あぁ、ここからは神の息子と同じ立場として言わせてほしい」

そう前置きすると、お父さんはまた私に言い聞かせるように話しだした。

「神から聞いたんだが……恭介君、今は研修中で全国を飛び回っているんだよな？」

「はい、そうですけど……」

「さっきも少し話したが、後継ぎとして会社を背負《しょ》って立った頃、会社は危機的状況でな。今でも思い出したくないほど苦労したし、つらい思いもした。継がないつもりでいたから、一から勉強をし直して人脈作りに奔走《ほんそう》して。必死に頑張ってもうまくいかず、妻の家から金銭的援助を受けてようやく会社を立て直した」

当時のことを思い出しているのか、お父さんは表情を歪《ゆが》めた。

「だが、もともと会社を継ぐ気がなかった俺は、役員や社員たちからなかなか信頼されなくてな。部下の協力を得られなかったり、周りと衝突したりすることも度々あって……。今でこそ受け入れられているが、そこに至るまでには相当な努力が必要だった。周りから認められずして会社のトップはやっていけないと、痛感したよ」

どんなに私が知る努力をしたところで、お父さんや神さんが感じている重圧は、到底理解できないだろう。話を聞いてそう思ってしまった。

「神の家は代々続く伝統的な家系でいろいろと厳しく、特に血筋を気にしている。神から聞いたが、あいつ以外、婚外子のお前にいい印象を持っていないようだ。お前と結婚するとなれば、恭介君も周りから後ろ指を差される状態になるだろう。今も、研修しながらも、家族の説得に四苦八苦しているんじゃないか？」

ズキッと胸が痛んでしまう。どうして私、言われるまでそのことに気づかなかったんだろう。

そう、だよね。神さんは反対されているとは言わないけれど、祝福されているとも言っていない。

今、神さんは忙しい合間を縫《ぬ》って説得しているかもしれないのに。それなのに私は、来月会えることに舞い上がっていて、これからの生活に胸を弾ませていた。神さんの今の状況を、考えることも察することもできずに。

「親として、神も俺もふたりの気持ちを尊重したいと思っている。神の家が後ろ盾を要求するなら、俺はどんなことでも力になる。会社のために金銭的援助をしろと言われたら、いくらだってするさ」

お父さんは、いったん言葉を区切り、少し困ったような顔をして続ける。

「だが、結婚したことで美月がつらい思いをするだけでなく、恭介君まで親族や会社役員たちから後ろ指を差されて窮地に立たされるんじゃないかと、心配なんだ。自分が経験しているから、余計にね。せっかくふたりが一緒になっても、お互いが苦しんでいたら、幸せとは言えないだろ？　だから美月、好きならなおさら、もう一度よく考えてほしい。恭介君のことを想うなら」

神さんのことが好きなら……？

私は神さんが好き。これから先も一緒にいたいし、幸せにしたいって思っている。

そう信じて疑わなかったけれど……もしかしたら私では、神さんを幸せにすることはできないんじゃないかな？　一緒になることで、神さんを苦しめることになるかもしれない。

考えれば考えるほどそんな気がしてしまい、胸がズキズキと痛んで仕方ない。

そんな私に追い打ちをかけるように、お父さんは言った。

「俺はお母さんと美月には、平凡でも幸せな生活を送ってほしかったから、別れようと決断したんだ。……無理に一緒になっていたら、ふたりに対する風当たりはきっと強かっただろう」

ずっと望んでいた。お父さんとお母さんがいる当たり前の生活を。それが叶わなかった自分の子供時代は、つらい思い出ばかりだけれど、違ったのかな？　もしかしたら、あの生活が私にとって平凡で幸せな暮らしだったの？

「そのことも踏まえて、今後のことをよく考えてほしい。……もし、美月がすべてを受け入れる覚悟を持ち、恭介君も同じ気持ちなら、もう何も言わないから」

「……わかり、ました」

身体中の力が抜けていく気がした。返事をするだけで精一杯だった。

神さんがそばにいてくれるのなら頑張ろう、という決意は、粉々に砕かれてしまった。好きって気持ちがあれば、どんなことも乗り越えられると思っていたけれど……現実は、そんな綺麗事だけではいかないのかもしれない。

「本当に、送らなくて大丈夫か？」

「はい、ここから近いので」

様子を見に来た社長とお父さんふたりに心配されるも、笑顔がぎこちなくなってしまう。それに今はひとりになりたかった。会社に着くまでに、気持ちをリヤットさせないと仕事にならないもの。

すぐに社長室を出ようとした時――。

「美月、その……」

お父さんに呼び止められるも、彼は何やら言いにくそうに言葉を濁すばかり。

すると隣に立っていた社長は察したのか、笑顔で代弁してくれた。

「高岡が言いたいのはこうだ。『できればこれからも会いたい』……だろ？」

「え……」

図星だったのか、お父さんは面食らいつつも、目を泳がせながら私に言った。

「もちろん、美月がよければ……の話だが。嫌ならいい」

お父さん……。

「そうだな。ダメなら、また今まで通り、ストーカーのごとくこっそり盗み見ればいいだけの話だしな」

「神！」

顔を真っ赤にさせて怒るお父さんに、戸惑いを隠せない。もう会うことはないと思っていた。お父さんにはお父さんの生活があるし、今回で最後だって。

「えっと……私は別に、どっちでも……」

言葉を濁しながらも伝えると、お父さんの動きはピタリと止まり、こちらをガン見してくる。

「え……いい、のか？　……会ってくれるのか？」

信じられなさそうな表情のお父さんに、恐る恐る頷いた。

すると社長は、驚くお父さんの肩に手を置いた。

「よかったな、これが最後にならなくて」

「あ、あぁ……」

嬉しさを噛みしめるお父さんに、むずがゆくなるけれど、彼が次第に目を潤ませ始めたから、ギョッとしてしまった。

その隣で、社長は豪快に笑いだした。

「お前っ……！　この歳になってそれくらいのことで泣くなよな」

「うるさい！　娘がいないお前には、一生わからない！」

慌てて涙を拭うと、お父さんはどう反応したらいいのかわからず立ち尽くす私に、名刺を一枚差し出した。

「相談したいことがあったら、いつでも連絡してほしい。……それと、会ってもいいと思った時も、いつでも」

「……はい」

お父さんの連絡先が書かれた名刺を受け取ると、まじまじと見てしまう。

一生会うことはないと思っていた。会わなくてもいいとさえ思っていたお父さんと、これでいつでも会えるんだ。

「どんなことでも頼ってくれ。今まで父親らしいことをしてやれなかったから」

やだな、そんなことを言われてしまったら、不思議と胸の奥が熱くなっていく。

「ありがとうございます。……それじゃあえっと、あとで連絡しますね」

戸惑いながらも言うと、お父さんは優しく頬を緩めた。

それからふたりに見送られ、関東営業所に戻る電車の中、見つめてしまうのは先ほどもらったお父さんの名刺。

まさか今日、お父さんと会うことになるんて夢にも思わなかったな。

好きな人と一緒になることが、一番の幸せだと信じて疑わなかった。でも私と神さんの場合は違うのかもしれない。好きだからこそ、相手のためを思って別れたほうがいいのかも。

そう考えると、悲しくて切なくて泣いてしまいそうになる。

こんなに好きなのに……。結婚してずっと一緒にいられると思っていたのに。神さんと離れることとなんて、できるのかな？

ふたりから話を聞いた今、神さんを幸せにできる！って自信を持って言えない。結婚したら、神さんに迷惑をかけて、しなくてもいい苦労をさせてしまうかもしれない。神さんがどれほど努力しているかを、誰より知っているからこそ、そんな彼の重荷にはなりたくない。それじゃあ、私が進むべき道は……？

考えれば考えるほど、わからなくなる。

答えの出ない問題に悩みながら、会社に戻っていった。


「はい、今日も特に変わりは……はい、神さんも頑張ってくださいね」

夜の二十三時。神さんからの電話を切ると同時に、深いため息が漏れる。

社長に呼び出され、お父さんと対面した日から三日が過ぎた。

あの日のことは神さんには話せていない。そして、仕事中も考えてしまう神さんとの未来に、いまだに答えを見出せずにいる。

スマホを手にしたままベッドに横たわり、天井を見つめてしまう。

私はとっくに仕事を終えて、夕食やお風呂を済ませている時間に、神さんは帰宅したばかり。それだけ仕事が大変なんだよね。

きっと、これからますます忙しくなる。そんな神さんの隣に私がいて、迷惑じゃないかな？　もしかしたら、結婚相手の候補がすでにいるかもしれない。神さんに見合った、会社にとってもメリットになるような相手が。それなのに、私と結婚しちゃってもいいの？

プロポーズされた時は最高に幸せだった。でも今は、こんなに迷っている。

「……ううん、違うかな」

寝返りを打ち、うつ伏せになってクッションをギュッと抱きしめた。悩んでいるけれど、本当は答えなんてとっくに出ている。ただ、それを受け入れたくないだけ。

三日前、私が社長に呼び出されたことは営業所中にあっという間に広まっていて、帰ってきてからは質問攻めだった。もちろん本当のことなど言えず、曖昧にごまかしていたけど。

その噂は亜紀の耳にも入り、その日のうちに心配する電話がかかってきた。

亜紀の『大丈夫?』の声に、一瞬すべてを打ち明けてしまおうかと思ったけれど、思いとどまった。今まではいつも亜紀に頼ってきたけれど、今回は自分自身で考えて答えを出すべきだと思ったから。

『神さんとの結婚についてだったよ』と話したら納得してくれたし、社長は反対していないと伝えたら、心底安心していた。

三日間、神さんと過ごした短い時間を思い返し、いろいろな感情に悩まされながらも考えに考えて、ようやく答えが出た今もこれが正解かわからずにいる。

もしかしたら、一生悩み続けるかもしれない。『これでよかったんだよね?』って自分に問いかけながら。

でも、これだけは胸を張って言える。何があっても私の願いはひとつ。

〝神さんに幸せになってほしい〟ってこと。好きだからこその切実な想いだ。

ゆっくりと起き上がり、手にしたままのスマホを見つめる。

ダラダラ悩んでいたって仕方ないよね。時間は待ってくれないんだから。

意を決し、スマホの電話帳からある人物の電話番号を呼び出し、電話をかけた。

さようなら、永遠に

半月後――。

「美月！」

駅の改札口を抜けると、すぐに聞こえてきた声に、胸が跳ねる。

キャリーバッグを引きながら顔を上げると、神さんが駆け寄ってきてくれた。

「久し振り、美月」

「お久し振りです、神さん」

挨拶を交わしただけで、どちらからともなく笑い合ってしまった。

金曜日の今日、仕事が終わると同時に会社をあとにし、駅のコインロッカーに預けておいたキャリーバッグを片手に、新幹線に飛び乗った。

向かった先は青森。先月約束していた通り、彼に会いに来たのだ。

そして神さんの車でやってきたのは、二十四時間営業している大型スーパー。

夜遅い時間ということもあって、客足はまばら。そんな中、神さんにカートを押してもらい、次々と食材をかごに入れていく。

「それにしても、本当にいいのか？　せっかく来たのにどこにも行かず、明日は家でのんびり過ごすだけで」

「はい、それがいいんです」

カートを押しながら確認するように聞いてきた神さんに、笑顔で答えた。

以前から彼に聞かれていた。『青森でどこか行きたいところがあったら、遠慮なく言ってほしい』って。

最初はせっかくだし、ふたりで観光名所を巡ってデートしたい……とも考えたんだけど、会える時間は金曜日の夜から日曜日の昼過ぎまで。短い時間、できるだけ神さんとふたりきりで過ごしたかった。

「……そっか」

納得してくれたのか神さんはふわりと笑い、私の手を取った。

「こうやって美月とスーパーで買い物をしていると、新婚夫婦みたいだな」

〝新婚夫婦みたい〟

それが気恥ずかしくて、どんな顔をしたらいいのか迷ってしまう。

ごまかすように無駄に髪を触ってしまっていると、神さんはクスクスと笑いだした。

「なんだよ、そんなことで照れるなって。近い将来、本当にそうなるんだから」

神さんの言葉が嬉しい反面、胸が痛んで……泣きたくなった。

「わかったか？　美月」

得意げな顔でどこか楽しそうに問いかけてくる彼に、愛しさが込み上げる。

「はい、わかりました」

唇を噛みしめながら言うと、神さんは満足そうに顔をクシャッとさせて笑った。

神さんと一緒にスーパーで買い物をして、何げないひと言に喜び、そばにいるだけでこんなにも幸せになれる。

やっぱり好き。……どうしようもなく大好き。

買い物をしている間、ずっと繋いだままの手に、気持ちを伝えるようにぎゅっと力を込めてしまっていた。


それから神さんが今住んでいるマンションに向かい、早速料理を作り、少し遅い夕食をとった。時間がなかったから、あまり手の込んだ物を作れなかったけれど、神さんは『美味しい』と予想以上に喜んで食べてくれた。

食後はふたりで食器を洗い、神さんに『一緒にお風呂に入ろう』と言われたけれど、全力で拒否して別々に済ませた。

「悪い、美月……平気？」

吐息交じりに放たれた色気を含んだ声に、胸が鳴る。

「は……い、大丈夫です」

ベッドの中で身体を重ね、彼の温もりに触れるたびに愛しさが溢れて、泣きそうになる。

「ごめん。優しくしてやりたいけど、余裕ない」

それでもかまわない。私ももっと神さんの温もりを感じたいから。

両腕を彼の首に絡め、自らしがみついた。

このままずっと一緒にいたい。何があっても離れたくない……ううん、離さないで。

声にならない願いを何度も心の中で伝えながら、与えられる温もりに溺れていった。

「いっそのこと、美月とひとつになれたらいいのに、な」

「え？」

ベッドの中で腕枕をしてもらい、神さんが優しい手つきで私の髪に触れる中、聞こえてきた甘い言葉に顔を上げてしまう。

するると至近距離にいる神さんは困ったように笑い、私の額にそっとキスを落とした。

「それくらい美月のことが好きなんだ。……このままずっと一緒にいたい。仕事にも行かず、ずっと」

「神さん……」

肩に回されていた腕の力が強まり、さらにきつく抱き寄せられる。

「来月が待ち遠しいよ。美月が作る美味しいご飯が毎日食べられて、こうやって毎晩美月を抱きしめて眠れるかと思うと、楽しみで仕方ない」

それは私も同じ。愛しい人のそばにずっといられて、彼の胸の中で毎日眠りにつけるなんて、想像しただけで満たされてしまう。

今だってこんなに幸せなのに、もっと彼の体温を感じたくて胸元に頬を寄せた。

「私も楽しみです。神さんと一緒に暮らせるの」

「美月……」

そっと私の名前を呟くと、少しだけ身体を離され、キスが落とされた。啄《ついば》むように何度も何度も。

そして、互いの温もりを確かめ合うように、抱き合ったまま眠りについた。

「んっ……」

カーテンの隙間から朝日が差し込み、重い瞼を開ける。すると、目の前には彼の無防備な寝顔があって、思わず叫びそうになってしまったのを必死にこらえた。

本当はもっと神さんの寝顔を見ていたいところだけど、そっとベッドから抜けて、寝室をあとにした。

時刻は朝の七時過ぎ。神さんはきっと疲れているだろうし、目が覚めるまで起こさないほうがいいよね。

その間に朝食の準備をしつつ、洗濯をする。

穏やかな朝。彼と結婚したら、こんな日常を過ごすことになるんだろうな。

そんなことを考えながら料理を作り、洗濯物を干し終える頃には九時を回っていた。

朝食が完成すると、寝室でドタドタと足音がしたと思ったら、ドアが勢いよく開かれた。

「悪い美月！　寝過ごした」

焦った様子の彼は寝グセがついていて、その可愛さに口元が緩んでしまう。

「おはようございます、神さん。朝食ができましたけど、食べますか？」

「え……あっ、あぁ。じゃあ、いただこうかな」

寝起きで頭がうまく回らないのか、しどろもどろになる彼が、ますます微笑ましい。

「わかりました。今、食卓に並べますね。先に顔を洗っててください」

「はっ、はい」

なぜか敬語の彼に笑ってしまうと、神さんは面白くなさそうに顔をしかめた。

「仕方ないだろ？　……こういうの、慣れてないんだから」

神さんはブツブツと文句を言いながら、洗面所に向かった。


「……なんかいいな」

「え、何がですか？」

朝食を済ませたあと、ベランダで布団を干していると、手伝ってくれていた神さんがポツリと呟いた。

「前にも話しただろ？　俺の両親は忙しい人だって。こういった当たり前の日常なんて全くなかったからさ」

神さんは、雲ひとつない青空を見上げた。

「休日に朝ご飯を作ってもらって一緒に食べて。洗濯して布団を干して……。そんなこと一度もなかった。家事は全部、家政婦任せだったから」

「そう、だったんですか……」

私は自分が思っていた以上に、満たされた生活を送ってきたのかもしれない。お母さんからの愛情だけは、たっぷり受けてきたから。

「なぁ、美月……。ふたりでさ、今日みたいな日々を過ごしていこうな。互いに協力して笑い合って。美月と一緒なら、幸せな毎日を送れると思う」

隣ではにかむ彼に、胸が締めつけられた。

私だって、今日のように神さんと毎日過ごしたいと願っているよ。ふたりで笑顔で暮らしていきたい。

「近くにＤＶＤのレンタルショップがあるんだ。午後から映画でも見ないか？」

「いいですね、それ。行きましょう」

弾む声で提案してきた彼に、気持ちを切り替えて笑顔で答えた。

決めたんだ。日曜日まで神さんと楽しく過ごそうと。悲しんでいるのはもったいないから。

それから手を繋いでレンタルショップに向かい、それぞれが見たい映画を一本ずつ借りた。

昼食は簡単にサンドイッチを作って済ませ、早速ソファに並んで座り、映画を鑑賞。ゆっくりと流れていく時間が心地よかった。何をするにもすべて一緒。

洗濯物と布団を取り込み、私が夕食の準備をしている間、神さんはお風呂掃除を済ませて少しだけ仕事をしたあと、一緒に準備を手伝ってくれて。穏やかな時間だけが過ぎていった。


「夕食はすき焼きか」

「はい。……神さんと初めて食事に行った時、一緒に食べられなかったので」

「そうだったな。美月、食べずに帰っちまったからな」

意地悪な顔で話す彼に、苦笑いしてしまう。

「あの時はすみませんでした。だから今夜、一緒に食べたいなって思ったんです」

「……そっか」

それに夢だった。互いに鍋をつつき合うのも。連れていってもらった高級料亭のような高いお肉ではないけれど、スーパーで購入した牛肉でも充分美味しくて、お腹がいっぱいになるまで食べてしまった。

その後は昨夜同様、神さんにお風呂に誘われ、必死に抵抗したものの敵わず。緊張しながらも、応じてしまった。

「やっと夢が叶ったよ。美月とお風呂に一緒に入る夢が」

浴槽の中で、背後から私を抱きしめる神さん。それだけですでにのぼせてしまいそうだ。首元に顔を埋《う》められ、彼の吐息を感じる。

「神さん、くすぐったいです」

身をよじるも、さらに強い力で背後から抱きしめられてしまう。

「わざとだよ」

神さんがクスクスと笑うたびに、心臓が跳ねてしまう。

「もう……！」

顔だけ後ろに向ければ、意地悪そうな顔をしている神さんと目が合う。

「いいだろ？　明後日《あさって》からまたしばらく会えなくなるんだから。……今のうちに美月補充、たっぷりさせて」

〝美月補充〟だなんて……。

「じゃあ、私にも〝神さん補充〟、たくさんさせてください」

そっと呟き、身体の向きを変えて正面から彼に抱きついた。浴槽に張ってあるお湯が溢れ、小さな波が起こる。

たくさん補充したい、神さんの温もりも声も全部。

ギュッとしがみつく力を強めると、彼も答えるようにきつく抱きしめてくれた。

「どうしたんだ？　いつもの美月らしくない」

「私も明日からまたしばらく神さんに会えなくなるの、寂しいから」

浴室に響くお互いの声。どちらからともなく身体を離し、唇を重ね合う。

髪が濡れてお湯が滴る神さんは、カッコよくて胸を熱くさせられる。キスの合間、いつもより赤く色づく彼の頬に、そっと両手で触れた。

「神さん……好き」

気持ちを伝えれば、神さんは嬉しそうに目を細め、唇を塞ぎながらも「俺も美月が好きだよ」と囁いてくれた。

そのまま流れるように寝室に移動し、何度も何度も愛し合った。お互いの温もりを刻み込むように。

「あと十二時間後には、美月は帰っちゃうんだよな」

「そうですね……」

ベッドの中で抱き合ったまま、神さんがポツリと呟いた。

時刻は深夜二時。今日の十四時過ぎの新幹線で、東京に戻る予定だ。そう思うと、急に寂しさに襲われてしまう。幸せな時間ほど、過ぎるのはあっという間。

「でも、また来月には会えるからな、少しの辛抱だ」

神さんの手が優しく私の髪に触れるものだから、意識がまどろんでしまう。まだ寝たくないのに、な。神さんの大きな手に触れられると、眠くなってしまう。

頑張って目を開け、問いかけた。

「神さん、お仕事のほうはどうですか?」

「なんだよ、急に」

突然の話題に、神さんは「フッ」と笑った。

「いえ、ちょっと気になって……」

「いつも電話で話してるのに?」

すかさずツッコんでくる神さんだけど、「それでも聞きたいんです」と言うと、すぐに答えてくれた。

「そうだな……関東営業所とは違うところがあって戸惑う部分もあるけど、こうやっていろいろな場所で研修できて、充実しているよ。営業所によって取引先はもちろん、扱っている商品も異なるから面白いよ」

そう話す彼の声は弾んでいて、有意義な日々を過ごしているのが伝わってくる。

「神さん、この仕事好きですよね」

彼は少し照れたように「そう、かもな」とはにかんだ。

「正直最初は嫌だったよ、親の敷いたレールの上を進んでいるようで。でも実際に仕事してみると、これが意外と面白くてさ。やりがいがあって自分に合っていると思う。それに誰だってなれるわけじゃない社長になれるかもしれないんだ。頑張らないと」

生き生きと語る姿に、惚れ直してしまうよ。

「それと……」

そう言うと神さんは身体を離し、私の顔を覗き込んできた。

「美月を幸せにするためにも、努力しないと。……一生幸せにしてやるために、な」

甘い言葉に、胸が締めつけられる。

「あのさ、いずれバレるだろうから言うけど、ちょっと、その……美月との結婚、家族に反対されてて」

言いにくそうに話しだした神さんに、半月前のお父さんたちの話が頭をよぎる。

「だけど大丈夫、必ず説得するから。美月に嫌な思いはさせないから」

安心させるように囁かれた言葉に、泣きそうになってしまう。

お父さんの言う通りだ。神さんに、しなくてもいい苦労をさせてしまっている。大変な時なのに……。

「そのためにも俺、早く一人前になるから。誰にも文句を言わせないくらいに」

どうしよう、視界がぼやけてしまう。必死にこらえていた涙が少しずつ溢れだす。

それを悟られないよう、神さんの胸元に顔をうずめた。

「ありがとうございます。……でも神さん、無理だけはしないでください。私は神さんのそばにいられるだけで幸せですから」

「美月……」

その気持ちだけで充分だよ。

「神さんが誰よりも努力していること、わかっていますから」

きっと私の知らないところで、何度も嫌な思いやつらい経験をしてきたはず。それでも頑張る神さんの努力が、実ってほしい……。

「大丈夫、美月は何も心配しなくていい、そばにいてくれるだけで。それだけで励みになるから」

安心させるように抱きしめられ、嬉しい言葉に決心が揺らいでしまいそうだ。

「じゃあ……約束、してくれますか?」

小さく深呼吸して神さんを見上げる。

すると神さんは甘い瞳で「ん？」と問いかけながら、私の頬を優しく包み込んだ。

「どんなことがあっても、立派な社長になってください。神さんなら、皆に愛されて信頼される社長になれるはずですから」

笑顔で言うと神さんは一瞬面食らったものの、すぐに表情を崩した。

「わかったよ、約束する。……じゃあ俺とも約束してくれる？」

「え？」

予想外の返しに戸惑ってしまう私に、神さんは言った。

「どんなことがあっても、俺のそばから離れないでほしい」

真剣な瞳で言ったあと、笑みをこぼすと「まぁ、たとえ美月に離れていかれても、全力で見つけるけどな」なんて言うものだから、つられるように笑ってしまった。一緒になって笑っている中、心の中で何度も何度も神さんに謝る自分がいた。

だって私は、神さんの言う約束を到底守れそうにないから……。

翌日。神さんは私の荷物を持ち、駅のホームまで見送りに来てくれた。

「気をつけてな」

「フフ、大丈夫ですよ。新幹線に乗れば、まっすぐ東京ですから」

心配性の神さんに笑ってしまいながら、彼からそっと荷物を受け取った。

「それでも心配して当然だろ？　……着いたらちゃんと連絡しろよ」

少しだけふてくされながらも、優しい瞳を向けてくれる神さん。

この表情も好きだな。神さんのどんな顔も全部好き。

感情が込み上げてきて、泣きそうになるのを必死にこらえる。

「着いたら、すぐに連絡しますね。……お仕事、頑張ってください」

「サンキュ。美月も最後まで仕事頑張れよ。……また来月な」

胸がズキッと痛むも、悟られないよう笑顔を取り繕った。

「はい、また。……無理して身体、壊さないでくださいね。それと私、離れていても神さんのこと、ずっとずっと応援していますから」

想いを伝えると、神さんは噴き出した。

「わかっているよ。……来月からは、そばでずっと応援してくれることも」

ただ微笑むことしかできなかった。

ごめんなさい、神さん。それだけは、どうしてもできそうにありません。

荷物を持つ手の力が強まってしまう。

出発を知らせるアナウンスが鳴り響くと、神さんは寂しそうに言った。

「またな、美月」

それでも笑顔を向けて送り出してくれる彼に、私も笑顔で伝えた。

「はい、また……」

しっかり焼きつけていこう。大好きな人の笑顔を。

ギリギリまで見つめ合い、乗り込んだ途端、ドアが閉まって会話できなくなってしまう。それでも神さんは口を動かし、私に何か伝えてきた。

え、何？

目を見張り、彼の口元から言葉を読み取ると、こらえていた涙が溢れだす。

〝あいしているよ〟

「神さんっ……!!」

泣きだした私を見て、神さんは困ったように眉尻を下げている。

ごめんなさい、神さん。最後に泣き顔を見せてしまって。

ゆっくりと走りだす列車。咄嗟に窓に身体を寄せ、必死に神さんの姿を目で追う。

けれど、次第に小さくなっていく彼。

完全に見えなくなった瞬間、その場にくずおれてしまった。

「うっ……ひっく……」

必死にこらえていた分、決壊したように次から次へと涙が溢れだしていく。

神さんが好き。どうしようもないほどに。だからこそ決めたことなの。今がつらくても、きっとこうするべきだと思ったから。神さんには幸せになってほしいから。

「さようならっ……神さん」

『また』じゃないんです。ずっとそばにいることは、できないんです。交わした約束、守れなくてごめんなさい。でも私が伝えた言葉すべてに、嘘はないから。

どんなに離れていても神さんの幸せを願っている。どこにいても応援しているから。

帰りの新幹線の中、涙が止まることはなかった。

たった三日間の、夢のような時間を思い出すたびに、何度も胸が苦しくなった。

新しい生活

暖かな日差しを感じ、ふと目が覚める。

「……もう朝？」

ベッドサイドのテーブルに手を伸ばしてスマホで時間を確認した瞬間、目を疑った。

「嘘っ‼　もうこんな時間⁉」

一気に覚醒し、ベッドから勢いよく飛び起きた。

「どうしよう、間に合うかな」

顔を洗い、メイクをしながら何度も時間を気にしてしまう。休日の九時過ぎ。いつもだったら平気でお昼近くまで寝ているところだけど、今日ばかりはそうはいかない。

適当に服を選び、軽く手で髪を整えて、バッグ片手に家を飛び出した。

あの日から三年の月日が流れた。私は住み慣れた東京を離れ、都会とはほど遠い中部地方の田舎《いなか》町に引っ越してきた。

今ではここでの生活にもすっかり慣れ、ご近所に顔見知りもできたほどだ。

息が途切れ途切れになりながらも、最寄り駅に到着してすぐに周囲を見回すと、私の姿を見つけた人物が嬉しそうに声をあげた。

「美月っ‼」

あまりに大きな声で私を呼ぶものだから、一気に注目を集めてしまい、ギョッとする。笑顔で手を振る人物のもとへと慌てて駆け寄り、声を潜めて訴えた。

「もー‼　お父さんってばやめてよね、毎回！　恥ずかしいって言ってるでしょ⁉」

遅れてきたことを棚に上げて、つい声を荒らげてしまう。

すると、お父さんはまるで叱られた子供のように肩をすくめ、「すまん」と漏らすとしょんぼりしてしまった。

その様子をお父さんの秘書である大和田《おおわだ》さんは、おかしそうに見守っていた。


『お願いがあるんです』

三年前。お父さんと会って三日後の夜、私は初めてお父さんに電話をかけた。あるお願いをするために。

お父さんは私の話を最後まで聞き、力になってくれると約束してくれた。

それから半月後、私は神さんに会いに行ったんだ。最後に彼と、一生忘れられない思い出を作るために。

神さんと過ごした三日間は幸せだった。このまま時間が止まってしまえばいいのに、と何度思ったことか。それくらい満たされていた。どこかに出かけたわけでもなく、ごく日常的な時間をともに過ごせたあの三日間を、今でも鮮明に覚えている。

昼間は日常的な何げない時間を、夜はとびっきり甘い時間を過ごし、今でも忘れられない嬉しい言葉を、たくさん聞かせてくれた。笑顔の私でさよならしようと決めていたのに、別れ際に伝えてくれた『あいしている』に、涙が止まらなかった。

それでも、東京に戻ってきてからも神さんと連絡を取り続け、会社では退職に向けて引き継ぎに追われる日々。

そんな毎日はあっという間に過ぎていき、亜紀や先輩たちに見送られて会社を退職。アパートも引き払い、使用していたスマホも解約し、自分の痕跡をすべて消した。

神さんのもとへ向かったと、信じて疑わない亜紀や皆に真実を告げずに。

それから今の場所に引っ越してくるまでの間、お父さんに手配してもらったマンションで二週間ほど過ごし、就職先や引っ越し先を決めたのだ。

その間、お母さんと久し振りに一緒に過ごし、一度だけお父さんと三人で食事に出かけたりもした。初めての三人での食事は、今でも忘れられない。

お母さんは結婚の話がなくなってしまったこと、神さんと別れてしまった私を心配してくれたけれど、今では私の新しい生活を応援してくれている。そんなお母さんは昨年、ずっと交際していた相手と結婚し、とても幸せそうだ。昔はお母さんのことを理解できなかったけれど、彼女へのわだかまりは少しずつなくなってきた。

お父さんとは最初はぎこちなかったけれど、時々会ううちにお互い自然と話せるようになっていった。初めて『お父さん』って呼んだ時、大号泣しちゃって。思い出すと笑ってしまう。

今ではすっかり仲良くなったお父さんは、昔一緒に過ごせなかった時間を取り戻すかのように、忙しい合間を縫って、時々東京からこうして会いに来てくれている。

会うと、お父さんは終始デレデレ。誰よりも私のことを思ってくれている。

三年前、就職先を一緒に探し、今でも神さんに私の居場所を知られないよう細心の注意を払ってくれている。定期的に私に連絡して、心配してくれている。

「美味しいでしょ？」

「あぁ」

あれからパスタ屋にやってきて、注文したパスタにお父さんと舌鼓を打つ。

「どうだ？　仕事のほうは。もう三年近く経つし、慣れてきたか？」

「うん、おかげさまで。職場の皆も、いい人たちだし」

「それはよかった」

お父さんは安心したように微笑んだ。

「あぁ。今は大学を卒業した息子が、仕事を少しずつ手伝ってくれている」

「……そっか」

会ったことはないけど、私には三歳下の弟がいる。お父さんには言えないけど、どんな子なのかちょっぴり気になるな。


その後、近くのショッピングモールで買い物をしているうちに、あっという間にお父さんが帰る時間を迎えてしまった。

「次に会えるのは、二ヵ月後……かな」

「そっか。仕事、忙しいんだね」

家の前まで送ってもらい、車の中で大和田さんが待つ中、お父さんと別れるのが名残惜しくて、立ち話をしてしまっていた。

「あぁ、あいつにいろいろと教えることが、山ほどあるからな」

そう言いつつも、どこか嬉しそうに見えるのは私だけだろうか。

「もし困ったことがあったら、遠慮なく相談するんだぞ。……何があってもすぐに飛んでくるから」

真剣に話すお父さんには申し訳ないけれど、笑ってしまった。

「もー、お父さんってば。私のこと何歳だと思ってるの？　もう二十六歳だよ。大丈夫だから、そんなに心配しないで」

安心させたくて明るく笑って伝えても、お父さんは渋い顔のまま。

「親にとって、いくつになっても子供は子供のままなんだ。心配くらいさせてくれ」

「お父さん……」

「美月……今、お前は幸せか？」

なんの前触れもなく、ためらいがちにかけられた言葉。

今の私は幸せ……？　うん、これだけは言える。

「幸せだよ。こうやって、私のことを心配してくれるお父さんがいるから。……いつも忙しい中、会いに来てくれて本当にありがとう」

胸を張って伝えられる。

「美月……」

今もちょっとしたことで目を潤ませちゃっている、涙もろいお父さんが好きだ。もちろん、そんなこと面と向かっては口に出せないけど。言ったらきっと、人号泣しちゃうだろうから。

「私、今の生活に満足しているの。ご近所さんとも職場の皆ともうまくやれているし。だから心配しないで」

お父さんは、安心したように息を漏らした。

「わかったよ。けれど、もし何かあったら、いつでも連絡してきなさい」

「はい」

そしてお父さんは大和田さんに呼ばれ、車に乗り込み去っていった。

「……行っちゃった」

一日なんてあっという間だ。特にお父さんと会う日は。

車が見えなくなると、ゆっくりとアパートの中へ入っていった。

『美月……今、お前は幸せか？』

お父さんに問いかけられた瞬間、すぐに頭に浮かんだのは神さんだった。

三年前までは、神さんがそばにいてくれたらどんなことも乗り越えられる、幸せになれると信じて疑わなかった。きっと彼も同じ気持ちでいてくれていたはず。

それなのに私が突然姿を消してしまい、彼はどう思っただろうか。

1LDKの自分の部屋に入り、そのままソファに深く腰を下ろした。

引っ越しの日、そっとポストに投函《とうかん》した手紙に綴《つづ》った言葉を、今でも覚えている。

神さんに伝えたい気持ちを込めたものだから。

【神さんへ
突然、姿を消すことを許してください。でも、わかってください。

これが私にとっても神さんにとっても、幸せになれる選択なんだって。

どこにいても神さんのこと、応援しています。やりがいのある仕事、頑張ってください。そして幸せになってください。　美月】

便箋《びんせん》一枚に綴った短い想い。それでも彼にならちゃんと届いたと信じている。

ゆっくり立ち上がり、本棚にある一冊のファイルを取り出した。

ファイルには神さんが載っている記事を、綺麗にスクラップしている。

彼は今ではお父さんから社長の座を引き継ぎ、メディアに大きく取り上げられるほど、手腕を発揮している。おかげで会っていないのに、神さんの動向を知ることができている。こうして彼の活躍を、陰ながら応援することも。

最新の記事を眺めては、写真の中の神さんにそっと指で触れてしまう。

「ますますカッコいい……な」

昔から素敵な人だった。三年経った今は、その魅力にますます拍車がかかったように見える。それは大切な人ができたから……かな。

雑誌にも書かれている、噂の恋人の存在。メディアに多く露出しているからか、神さんのスキャンダルはそれなりに世間を賑わせている。

相手は、大手食品会社の令嬢だ。神さんと同い年の綺麗な人。

ふたりが結婚したら、業務提携もあるのでは？と騒がれている。

「これでよかったんだよね」

最初から、こうなるべきだったんだ。見合う人と一緒になるべき。神さんはきっと、今幸せだよね？　だから仕事も頑張っているんでしょ？

これがお互いのためだったんだ。神さんは神さんの、私は私の進むべき道に進んだだけ。これでよかったはずなのに……。

「……あれ？　何、これ」

ポタポタとファイル上に落ちていく雫《しずく》。それは紛れもなく、自分の目からこぼれ落ちた涙だった。

「やだ、どうしてっ……」

慌てて拭うも、次から次へと溢れだして止まらない。

「うっ……もう、なんで泣くかな」

力なく笑ってしまう。

これでよかった……なんて、本当はまだ全然割り切れていない。だって私、今でも神さんのことが好きだから。会わなくなれば、徐々に忘れられると思っていた。新しい生活と新しい出会いが、自然と彼の存在を消してくれると。

けれど、それはとんだ思い違いだった。消えるどころか、神さんを想う気持ちはますます強くなるばかりだった。彼はとっくに新しい道を突き進んでいるというのに、私はずっと立ち止まったままだ。まだ気持ちを引きずっている。

「いっそのこと、嫌いになれたらいいのに」

それができたら、どんなに楽か。神さんに幸せになってもらいたいけれど、彼の隣に私じゃない女性がいるかと思うと、胸が痛い。自分から別れを切り出したのに。

止まらない涙を何度も拭いながら、写真の中で微笑む神さんを見つめてしまった。

「あら、美月ちゃんどうしたの？　目が腫れていない？」

「え、そっそうですか⁉　あっ、昨日泣ける映画を遅くまで見ていたからかな」

翌日の月曜日。いつものように職場に出社すると、先輩事務員の松田《まつだ》さんが心配そうに声をかけてくれた。

「あら、そうなの。夜更《よふ》かしはお肌の敵よ〜」

「肝に銘《めい》じます」

どうにかごまかせたかな？

陽気な松田さんの様子に、ホッと胸を撫で下ろす。

三年前から勤めているのは、この町に古くからある小さなお菓子の製造工場。駄菓子を取り扱う我が社は、総従業員数三十人ほどの、本当に小さな会社だ。それでも駄菓子の需要はあり、少ない人手ながら安定した業績を上げている。

ここで私は松田さんとともに、事務員として働いている。

松田さんは四十代の、肝っ玉母さん的な存在。常に社員の世話を焼いてくれている。ここで働く従業員は皆いい人ばかりで、私は一番年下ということもあって、まるで娘のように可愛がってもらえていた。

「おはようございます、松田さん、小野寺さん」

始業前に、松田さんと他愛ない話をしていると、頼りない声が聞こえてきた。

「おはようございます、専務」

「おはようございます、鈴木主任……じゃなくて、専務！」

昨夜からずっと昔のことを思い出していたせいか、つい〝鈴木主任〟と呼んでしまい、慌てて訂正した。

「あらあら、美月ちゃんってば、また間違えちゃって」

すかさずツッコんできた松田さんに、返す言葉が見つからない。けれど私にとって彼はいつまでも鈴木主任だから、三年経った今も、なかなか「専務」と呼べずにいる。

苦笑いしていると、作業服に身を包んだ鈴木主任はあどけない笑顔を見せた。

「いいよ、無理して専務なんて呼ばなくて。なんか小野寺さんには『主任』って呼ばれてたほうが、しっくりくるし」

「……すみません」

就職先に鈴木主任がいるなんて、最初は驚いて声も出せなかった。

中学校の修学旅行で長野を訪れた際、見た景色や食べた郷土料理が忘れられなかった。もう一度訪れたいとずっと思っていたし、都会での暮らしに疲れたら、移住したいと思えるほど気に入っていた。そんな理由でこの地方を選び、何より住みやすい環境に惹かれたこの町で、営まれていた駄菓子工場。

お父さんにも『同じジャンルの会社がいいんじゃないか？』と助言を受け、迷うことなく事務員の求人に申し込んだ。そして無事に内定をもらい、出勤した私の目の前に現れたのが、なんと鈴木主任だったのだ。偶然だった。知る由もなかった。まさかここが、鈴木主任のご両親が経営する会社だったなんて。

彼のおかげで、私はすぐにほかの従業員と打ち解けることができた。それに嬉しかった。元気に働く鈴木主任と再会できたことが。また一緒に仕事できることが。

「すみません、営業行ってきますので、留守をお願いします」

「わかりました、お気をつけて」

お昼前。作業服を着ていた鈴木主任は、いつの間にかスーツに身を包んでいた。

ご両親は今も現役で働いている。鈴木主任のお父さんである社長の病状も安定してきており、無理のない範囲で働いていた。

事務作業は私と松田さんが担当しており、鈴木主任は工場勤務の傍《かたわ》ら、今のように少しでも自社製品を売り込むべく、営業に出ている。

最初は目を疑った。いつもミスばかりしていた鈴木主任が、ここでは専務として会社を引っ張り、営業に出向いて契約を取ってきているのだから。

鈴木主任も前に進んでいるんだ。それだけ三年という月日は長い。

前に進めていないのは、私だけ。

やっぱりあなたが好き

「あら、降ってきちゃったわね」

「本当ですね、確か今日は、予報では雨じゃなかったはずなんですけど……」

十五時過ぎ。午前中は快晴だったというのに、午後になると天気は一変。

事務作業の傍ら、窓から見える雨の様子を松田さんと眺めてしまっていると、彼女は思い出したかのように言った。

「そういえば専務、午後から出かけたままだけど、傘って持っていったかしら」

「……あ、そういえば」

噂をしていると、事務所のドアが開く音がした。

「たっ、ただいま戻りました〜」

そして、少し力ない声が聞こえてきて、そちらに目を向ければ……松田さんと顔を見合わせて思わず苦笑いしてしまう。

「やっぱり持ってなかったわね」

「……はい」

「美月ちゃん、タオル用意してあげて」と松田さんに言われ、席を立ってロッカーに保管してあるタオルを手に、鈴木主任のもとへと駆け寄った。

「大丈夫でしたか？」

タオルを差し出すと、彼は「へへ、やられちゃったよ」と言いながら顔を綻ばせた。

出かける前はスーツ姿が様になっていたというのに、雨に濡れてはそれも台無しだ。

「鈴木主任ってば、眼鏡まで濡れていますよ。拭かないと」

「ああっ！　本当だ」

こういうところは、相変わらずだ。

すると松田さんが、何か言いたそうに私と彼をニヤニヤと眺めてきた。

いつもこうだ。私と鈴木主任が話をしているだけで松田さんを始め、皆して私たちをからかってくる。

「……なんですか？　松田さん。その目は」

「いやね、ふたりを見ていると、夫婦みたいだなぁと思うわけよ」

『いつものようにはいかないぞ』と言わんばかりに先手を打つも、効果がなかったようで、からかわれてしまった。

「まっ、松田さん‼」

それに対し、鈴木主任は毎回こうやって顔を赤らめ、声を荒らげるものだから、皆にますます面白がられてしまうのだ。

鈴木主任はどこにいっても、やっぱり皆に愛される存在だ。そりゃあ、彼とは歳も一番近い。けれど、それだけの理由でからかうのはやめてほしい。

鈴木主任にとって、私は妹のような存在でしかないわけで。もちろん私にとっても鈴木主任は、今は尊敬する上司でしかない。

それなのに入社当時から三年間、何かとからかわれ続けていて、さすがにもううんざりだ。

「もー、松田さんってばいい加減にしてください！　何度も言っていますが、私と鈴木主任はそういう関係ではありませんから。私、皆のお茶を用意してきます！」

キッパリ言い切り、給湯室に駆け込んだ。

どうして毎回毎回、からかうかな？　それに鈴木主任も鈴木主任だ。もっとキッパリ否定してくれればいいのに。

勤務時間は、朝の八時から十七時半まで。十二時から一時間お昼休憩を取り、十時と十五時に十五分間の休憩を挟むことになっている。

そのお茶を用意するのは、主に私や松田さんで、時々鈴木主任のお母さんである副社長も行ってくれている。

イラ立ちを抑えながらお湯を沸かし、お茶の準備をしていると「あのさ……」と急に声をかけられ、ビクリと身体が反応する。

「ごっ、ごめん！　驚かせるつもりはなかったんだ」

「鈴木主任？」

給湯室にためらいがちに入ってきたのは、いまだにびしょびしょに濡れたスーツを身にまとった鈴木主任だった。

「ちょっと話がしたくて」

「いや、それよりも服ですよ！　早く着替えないと、風邪ひいちゃいますよ！」

「好きなんだ！」

発せられた大きな声に、動きが止まってしまう。

目だけ動かして彼を捕らえると、頬も耳も真っ赤に染めて、わずかに身体を震わせている。

「小野寺さんのこと、好きなんだ」

唖然とする私に再度畳みかける彼に、身体の硬直が解け、焦りを感じてしまう。

え、ちょっと待って。鈴木主任ってば、何を言っているの？　……私のことが好き？

頭が混乱する中、彼はまっすぐ私の瞳を捕らえたまま話しだした。

「ずっと妹みたいな存在だった。でもこうやって再会して、同じ職場で働いて。笑顔が可愛いな、とか気遣いができる子だな、とか。……正直、こっちに戻ってきてから毎日がつらかった。そんな時に小野寺さんが来てくれて、いつの間にか笑えている自分がいて。小野寺さんと一緒にいると、心が温かくなる。話をするだけで楽しいんだ」

思いもよらない彼からの告白に、動揺を隠せない。

「小野寺さんがそばにいてくれたら、きっと毎日笑って過ごせると思う。小野寺さんのために仕事も頑張る。絶対幸せにするから、俺と結婚してくれませんか？　そして、俺と会社を継いでほしい」

「鈴木主任……」

力強い眼差しに、彼が嘘を言っているようには見えない。

……じゃあ、本当なの？　鈴木主任は本当に私のことが、好き？　結婚って……。

理解していくうちに、顔が火照《ほて》っていくのが自分でもわかった。

その瞬間、火にかけていたやかんが音を鳴らし、慌てて火を止めるも、顔を上げることができない。

だってこんな展開、誰が予想できた？　確かに昔、鈴木主任のことが好きだった。

でも、今は昔のように一緒に過ごせるだけで満足。それなのに、まさか結婚だなんて。

どう反応したらいいのか困り、うつむいていると、彼は力ない声で「ごめん」と呟いた。

「急にびっくりしたよね。しかもこんな場所で」

慌てて顔を上げると、鈴木主任は今にも泣きだしそうに眉を下げ、それでも無理して笑っていた。

その姿に胸がキュッと締めつけられてしまう。

「いいえ、そのっ……！　すみません、突然で驚いてしまって……」

どうにか言葉を返すと、鈴木主任はまた「ごめん」と謝った。

「本気だから。ゆっくりでもいいから、考えてくれないかな？　俺との将来のこと」

考える？　鈴木主任との将来を……？

「……はい」

頷くと、鈴木主任は安心したように息を漏らし、「着替えてくるね」と言いながら、そそくさと給湯室を出ていった。

その姿を見送りながら、思いを巡らせてしまう。

ずっと憧れていた。鈴木主任となら、平凡でも穏やかで幸せな生活が送れるだろうと。それが夢だった。

一度は好きになった人だもの。この先もずっと一緒にいたら、好きになれるはず。それに結婚して、これからも大好きな職場の皆と一緒に仕事していくなんて、素敵な未来じゃない。私がずっと望んでいた幸せのはず。

なのに、なぜだろうか。神さんが頭に浮かんでしまうのは。

もう神さんは私のことなんて好きじゃないのに。ほかに恋人がいるのに。

苦しい想いを抱えながら、皆の分のお茶を用意していった。


『あちゃー、ついに来たか。冴えない眼鏡の愛の告白が』

「もう、何度も言ってるでしょ？　鈴木主任のこと、そんな風に呼ばないでって」

この日の夜。帰宅してのんびりくつろいでいると、亜紀から電話がかかってきた。

『いいじゃん、私の中で彼はいつまでも〝冴えない眼鏡〟なの』

あっけらかんと話す彼女に、呆れてしまう。

三年前、神さんの前から姿を消した際、亜紀にも真実を告げることなく去ってしまった。亜紀に話してしまったら、決心が揺らいでしまいそうだったから。

けれど彼女にだけは知っていてほしくて、気持ちの整理がついた半年後、連絡をしたのだ。

もちろん、散々怒られて文句を言われて。そして『心配した』と泣かれてしまったのは言うまでもない。

それからはこうやって頻繁に連絡を取り合い、亜紀はたまに連休を利用して遊びに来てくれたりもする。

『いつかはこんな日が来ると思っていたのよねー。ヤツが美月の魅力に気づく日がさ。それが現実になっちゃったわけだ』

電話越しに聞こえてくる笑い声に、いたたまれない気持ちになってしまう。

『で？　どうするのよ。付き合うを通り越して結婚を申し込んでくるってことは、かなり本気だと思うけど』

「それは……」

言葉が続かない。自分でもどうしたらいいのかわからないから。

「急には考えられないよ」

『まぁ、それもそうよね』

そうだよ、すぐに答えなんて出せないよ。

『冴えない眼鏡は、ゆっくり考えてって言ってくれたんでしょ？　だったらしっかり考えなさいよ。……私はいいと思うけどな』

「え？」

意外な言葉にびっくりすると、亜紀はクスクス笑いながら、理由を話してくれた。

『だって、もう恭様と別れて三年でしょ？　……それに恭様に彼女がいるって噂は、本当みたいだし。いい加減、美月も前に進まないと』

神さん、やっぱり本当に恋人がいるんだ。

神さんの会社で働く亜紀に言われると、より現実味を帯びてショックだ。

『冴えない眼鏡は、美月のことを誰よりも幸せにしてくれるんじゃないかな。それに今の美月、すごく充実してそうだし。彼の両親もいい人たちなんでしょ？』

「うん、それはもちろん」

『だったら話が早い。前向きに考えてみたら？　そうしてくれると、私も安心してお嫁に行けるから』

『お嫁に行ける』なんて冗談っぽく言っているけれど、それは本当の話だった。

思わず視線を向けてしまうのは、テーブルに置いてある亜紀の結婚式の招待状。

一ヵ月後、亜紀は以前から交際していた彼と、都内の教会で親族と親しい友人だけを招き、式を挙げる。

親友として行きたい気持ちは強いものの、神さんがいる東京に行かなくてはいけないと思うと、なかなか決心がつかずに参加の返事を出せずにいた。

『それと、いい加減、式の出欠の返事を寄越しなさいよね！　まぁ、美月がなんて言おうと絶対に来てもらうつもりだけど。……それにいい機会じゃない、いつまでも怖がっていないで東京に来なさいよ。むしろ恭様に会って、〝結婚おめでとうございます〟って言ってやったら？　そうすればあんただって、前に進めるんじゃないの？』

思っていることを容赦なく言うところは、今も健在だ。

亜紀の言うことはいつも正しい。もう三年も経つんだもの。いい加減、吹っ切らなくちゃいけないよね。

「ごめん、招待状の返事すぐに出すね。……もちろん出席で」

東京へ行こう。逃げてばかりではダメだもの。

「それと鈴木主任とのことも、前向きに考えてみる」

『うん、それがいいと思う』

安心したのか、亜紀はそれから結婚式の準備が大変だと愚痴をこぼし始めた。そんな彼女の話を聞きながら、早速、招待状の返事を書いた。出席に丸をつけて。

二週間後——。

「ごめんなさいね、美月ちゃん。事務職のあなたにも手伝わせてしまって」

「いいえ、気になさらないでください。それに、今の時期は松田さんひとりでもできちゃうくらいの仕事量ですから」

この日はいつもの事務作業ではなく、製造工場で製品の箱詰めを手伝っていた。

鈴木主任のお父さんである社長が先日ぎっくり腰になってしまい、人手不足に陥ってしまったのだ。

かといって事務員の私にできることと言ったら、こういった簡単な作業しかない。

「むしろすみません、これくらいしかできなくて」

本当は、もっといろいろな仕事ができればいいんだけど。

申し訳なく思っていると、一緒に作業をしていた副社長は手を左右に振った。

「そんなことないわ。これもなかなか大変な作業なのよ。本当に助かっているわ」

笑顔で言われると気恥ずかしくなってしまい、慌てて「ありがとうございます」と言いながら手を動かす。

副社長は優しさが滲み出ているような人で、笑顔がとても似合う。その笑顔は鈴木主任にそっくりだと思う。

しばし作業に没頭していると、副社長がふと声をあげた。

「そういえば、一郎から聞いたわ。あの子、やっと美月ちゃんにプロポーズしたんだって？」

「……えっ⁉」

急に振られた話に手が止まり、大きな声を出してしまった。

そんな私を見て、副社長は笑いだした。

「正直、私も主人も、一郎と美月ちゃんが一緒になってくれたら、これ以上嬉しいことはないわ。……まぁ、あの子のいいところっていったら、親切なことくらいしかないけど。だから気負わずにね。ダメならダメで、キッパリとフッてくれていいから。大切なのは美月ちゃんの気持ちだから」

「副社長……」

胸がギューッと締めつけられてしまう。

それと同時に、想像してしまった。鈴木主任と結婚してからのことを。

副社長はとても穏やかで、社長も人情味のある人だ。きっと鈴木主任と結婚したら、四人で幸せな毎日を過ごせるはず。

「ごめんなさいね、仕事中にこんな話しちゃって」

とばかり。

「あっ、いいえ、そんな」

ハッと我に返って答えると、副社長はまたテキパキと商品を箱に詰め始めた。

私も作業を再開するけれど、手を動かしながらも考えてしまうのは、鈴木主任のことばかり。

告白されてから二週間が経つけれど、彼はいつも通りに接してくれている。返事を急かすようなことも言ってこない。それに彼は私が仕事を辞めた理由を、今まで一度も聞いてきたことはない。もちろん、神さんとのことも。

それも鈴木主任の優しさなんだと思う。

プロポーズされたことは、同じ事務所内にいた松田さんに聞かれていたようで、一気に広まってしまった。けれど、皆がいつものごとく冷やかしてくることはなかった。

鈴木主任が本気だからだろうか。今は皆、温かい目で見守ってくれている。

やっぱり前向きに考えるべきなのかな。私も神さんへの気持ちを断ち切って、前に進むべきなのかもしれない。

『最近気温の変化が激しいが、体調は崩していないか？　大丈夫か？』

「大丈夫だよ。それにそこまで私、身体弱くないから」

この日の夜、電話をかけてきたのはお父さんだった。相変わらず過保護で、開口一番に心配してくる始末。

そんなお父さんに口元を緩めながらも、耳を傾ける。

『それならいいが……どうだ？　最近、何か変わったことはないか？』

ドキッとしてしまった。変わったことはたくさんあったから。

『すぐに何もないよ』と言おうとしたものの、思いとどまる。

この先、鈴木主任と結婚する道を選んだとしたら、いずれお父さんにも話すことになる。それに相談してみたくなった。お父さんは私が結婚することについて、どう思っているのかを。

『美月、どうかしたのか？』

黙り込んだ私を心配する声に意を決し、事の経緯を話していった。

『そうか。正直驚いたが、父さんはいいと思う。美月が幸せになれるなら応援するよ』

「え……？」

予想外の反応に、呆気に取られてしまう。

小さな町工場とはいえ、鈴木主任も神さんと同じように会社を背負って立つ身。ちょっぴり難色を示されると思っていたから。

『もしかして、美月は父さんが反対するとでも思っていたのか？』

慌てて「そんなことないよ」と返したものの、正直図星だった。

それに気づいたのか、お父さんは小さく息を漏らした。

『大丈夫だよ。相手は美月が働く会社の息子さんだろ？　ご両親には俺も一度美月がお世話になる際、挨拶させてもらったけど、人情味溢れた人だったし、息子さんも優しそうな好青年だった。何より、家族や社員みんなから歓迎されている。……彼なら、大切な美月を託せると思うから』

「お父さん……」

そうだった。あの時はさすがに過保護すぎるから、私は『いい』って断ったのに、『どうしても挨拶したい』と言うお父さんに押し切られたんだよね。

『こう見えても、一企業のトップだ。人を見る目だけはある』

得意げに話すお父さんに、面食らってしまう。

でもそっか。お父さん、賛成してくれるんだ。だったら、鈴木主任との結婚は私にとって幸せなのかも。皆に祝福してもらえるでしょ？

『父さんは美月が幸せになれるよう、いつも願っているから。よく考えなさい』

「……うん、ありがとう」

それから少し話して電話を切ったあと、向かった先は寝室のクローゼット。

そっと開け、奥に隠すようにしまっておいた小さな箱を取り出した。

三年経ってもダイヤモンドの輝きは失われていない。別れる際、手紙とともに返そうかと思ったけれどできなかった。

神さんがプロポーズとともにプレゼントしてくれた、この指輪だけは。

しばらくの間、お守りのように肌身離さず首から提げていた。神さんも頑張っていると思い、必死に自分を奮い立たせながら。

けれど神さんに恋人がいる……と知り、こうやって封印するようにクローゼットの奥にしまったのだ。いつまでも彼の面影にすがっていては、ダメだと思ったから。

「鈴木主任と一緒になるなら、これもどうにかしないとだよね」

それとスクラップした彼のたくさんの記事も。神さんの面影は全部処分しよう。

そうすることで、私はきっと前に進めると思うから……。


とは思ったものの、あれから一週間経った今も処分できずにいる。捨てようと何度も思っては、やめての繰り返し。そうしてズルズル引き延ばしてしまっていた。

こうなったら来週、亜紀の結婚式で上京する際に持っていって、亜紀に潔く捨ててもらおうかな。そんなことさえ考えてしまっていた。


「美月ちゃん、飲んでいるか？」

「あっ、はい飲んでますよ」

金曜日の仕事後。今日は社員の皆で鈴木主任のお宅にお邪魔し、大宴会が行われていた。

陽気な声で話しかけてきたのは、四十代後半のベテラン作業員の先輩。

社員たちが家族のように仲がいいうちの会社では、数ヵ月に一度、こうして社長宅で飲み会を開催しているのだ。

「そうかそうか。それじゃあ、これ持って専務のところに行ってきてくれ」

そう言って差し出されたのは、ビール瓶《びん》。

そのまま背中を押され、席を立たされてしまった。

皆あれだけ温かく見守ってくれていたというのに、アルコールで気が緩んでいるのか、こうも冷やかされてしまっては、鈴木主任のもとへ行かないわけにはいかない。

「ごめんね、なんか」

同じ室内にいた彼の耳にも届いていて、隣に座ると申し訳なさそうに謝ってきた。

「いいえ、気になさらないでください。いつものことです」

そう言うと、鈴木主任は安心したように微笑んだ。

その姿に、昔のようにドキッとさせられてしまう。

やだ、私ってば……。

熱くなる頬をごまかすように「ビールどうぞ」と声をかけ、鈴木主任のコップに注いでいく。

もしかしたら私、本当にまた鈴木主任のことを好きになれるかもしれない。このまま幸せな環境にいたら、きっと。

チラッと隣に座る鈴木主任を見ると、彼もまた私を見つめていて目が合った。

「っ、ごめん」

「いっ、いいえ」

お互いバッと視線を逸らし、顔を赤らめてしまった。なんだか意識してしまう、鈴木主任のことを。

しばし気まずいまま飲んでいると、見兼ねた松田さんが間に割って入ってきた。

「もー何？　ふたりして初々《ういうい》しいわね、まったく！　ここはテレビでも見て落ち着きなさい」

松田さんはそう言うと、近くにあったリモコンに手を伸ばし、テレビを点けた。

照れ臭くて何げなくテレビに視線を向けた瞬間、目を疑ってしまった。

嘘……どうして？

「あらやだ、この人って確か……」

一緒にテレビを見ていた松田さんが気づいて呟くも、耳に届いてこない。だってテレビに映し出されているのは、神さんだったのだから。

インタビューに答えている様子に、目が釘付けになってしまう。

『……はい。今も父の指導を受けながら、勉強の毎日です』

昔と変わらない笑顔でインタビューに答える彼の姿に、胸が締めつけられていく。ズルいよ、神さん。このタイミングで私の前に現れちゃうなんて。

それでも、久し振りに見る彼は元気そうで、安心すると同時に切なくなってしまう。神さんは神さんの道を歩んでいるんだね。きっとこの三年間、大変だったと思う。

努力家な神さんだからこそ、今の地位があるんでしょ？

インタビューに答える彼は堂々としていて、キラキラ輝いている。

仕事のことを生き生きと語る姿に、昔の彼を重ねてしまい、いろいろな感情が込み上げてきた。

すると、隣から鈴木主任が周囲に聞こえないように、そっと耳打ちしてきた。

「大丈夫？　……こっそりチャンネル変えようか？」

「鈴木主任……」

隣を見れば、眉を下げて私の様子を窺う鈴木主任と目が合う。

彼に神さんのことを話したことは、一度もない。

……それでもわかってしまうよね、私が神さんと別れてここにやってきたと。

前に進むって決めたんだ。それに、こうやって神さんがテレビや雑誌に出ることは、今後も何度もあるだろう。そのたびに目を背《そむ》けていたら、私はいつまで経っても変われないよね。

気持ちを入れ替え、心配そうに私を見ている鈴木主任に笑顔を向けた。

「すみません、大丈夫です。私たちが勤めていた会社の社長が出ているんです。見ましょう！　それに松田さんも見てますし」

チラッと横に目をやれば、松田さんはテレビの中の神さんをうっとりしながら眺めている。

その姿に鈴木主任とふたり、顔を見合わせて笑ってしまった。

「本当だ、あれじゃ変えたら怒られそうだね」

「そうですよ。だから大丈夫です」

平静を装い、松田さんのようにテレビを眺めた。

『それにしても、神社長は就任一年目にして早くも業界内で高い評価を得ていますが、その原動力はなんでしょうか?』

インタビュアーが質問すると、神さんは少しだけ考えて答えた。

『そうですね……大切な人がいるから、かもしれません』

——え? 大切な人? それはもしかして、例の噂の彼女?

『今の僕を支えてくれている大切な人です。彼女がいるから頑張れるんです』

やだ、何それ。……そんなの聞きたくない。

それでもテレビを消さないことには、嫌でも耳に届いてきてしまう。

『それはつまり、えっと……今、噂になっている方、でしょうか?』

インタビュアーが恐る恐る問いかけると、神さんは笑顔で『ご想像にお任せします』と答えた。

どうしよう、胸が苦しくて仕方ない。せっかく鈴木主任との未来を真剣に考えよう、って思ってたのに……!

やっぱりダメみたい。神さんの声を聞いちゃったら、嫌でも気づいちゃった。

私は今でも神さんのことが好きなんだ。好きで好きで、どうしようもない。神さんの恋人がうらやましくて、憎くて仕方ない。彼の隣にいるのは私でありたいから。自分から別れを切り出しておいて、なんて自分勝手な感情だろうか。涙が頬を伝った瞬間、慌てて立ち上がった。

「すみません、ちょっと夜風に当たってきます」

「え、あっ、小野寺さん⁉」

下を向いたまま、逃げるように外に飛び出した。走って走って、できるだけ鈴木主任の家から離れていく。

次第に息があがっていき、限界を迎えて足を止めると、肩が大きく上下に揺れてしまう。泣きながら走ったせいか、呼吸がうまくできない。溢れる涙を拭いながら空を見上げれば、星はひとつもなくて、どんよりした雲に覆われていた。

想い続けても報われないのに、どうして諦められないのかな？　どうして神さんじゃなくて、鈴木主任を好きになれないのだろう。誰に聞いたって、『鈴木主任と結婚するべき』って言うはずなのに。それが私にとって、一番の幸せのはずなのに。

報われない気持ちを抱えているのはつらい。鈴木主任に片想いしていた頃よりも、もっとずっと。苦しくて切なくて涙が止まらない。

それなのに、神さんを好きって気持ちが溢れて止まらないなんて。

「小野寺さんっ！」

涙を流しては拭っていると、私を呼ぶ切羽詰まった声が聞こえてきた。

「やっと見つけたっ……！」

「鈴木……主任？」

もしかして、追いかけてきてくれたの？

目を丸くしたまま彼を見つめてしまう。

必死に呼吸を整え、私を見た鈴木主任は、苦しそうに表情を歪めた。

「っごめん」

次の瞬間、思いっ切り腕を引かれたかと思うと、鈴木主任に抱きしめられていた。

「……え、キャッ⁉」

とても力強く、声が出ない。

突然の抱擁《ほうよう》に涙がすっかり止まってしまうと、彼は苦しそうに声を絞り出した。

「俺じゃ、ダメかな……？　俺なら小野寺さんのこと、こんな風に泣かせたりしない」

「……鈴木主任」

ゆっくりと離されていく身体。私を見つめる瞳は男の色気を含んでいて、初めて見る表情に心臓が飛び跳ねた。

「絶対に泣かせたりしない。何があってもそばを離れない。……俺と結婚して幸せになろう」

真剣で、心からぶつけられた言葉に、胸が痛む。

『幸せになろう』って言ってくれて、素直に嬉しい。だからこそ言わないと。

「ごめんなさい、鈴木主任とは結婚できません。私……今でも神さんのことが大好きなんです。情けないほど泣いちゃうくらい」

鈴木主任と距離を取り、深く頭を下げた。

「私自身、鈴木主任と結婚したら、絶対幸せになれると思います。それでもダメなんです。いまだに、こんなに彼のことが好きでっ……！」

溢れる想いはまた涙へと変わり、こぼれだす。

「本当にごめんなさいっ」

誠意を持って気持ちを伝えてくれた彼に、謝ることしかできない。

自分でもバカだと思う。こんなに素敵な人との幸せな未来よりも、報われない気持ちを優先してしまうのだから。

幸せになれるチャンスなんて、もう二度と来ないかもしれない。それでもダメなんだ。私の心を占めているのは、今なお忘れられない彼なのだから。

「小野寺さん、顔を上げて」

頭上から降ってきたのは、優しい声。

ゆっくりと上を向けば、無理して笑う鈴木主任が目に入る。

「謝らないで。後悔しないよう気持ちを伝えたんだから。ちゃんとフッてくれてありがとう。スッキリしたよ」

「そんなっ……！」

お礼を言いたいのは私のほうだ。転職して不安でいっぱいだった私が、今こんなにも幸せに働けているのは彼のおかげなのだから。

「フラれたついでに、ひとつだけお願いしてもいいかな？」

「お願い……ですか？」

「そ。……俺が小野寺さんにちゃんと伝えたように、小野寺さんも神さんに気持ちを伝えてほしい」

まさかのお願いに絶句してしまう。

「それはちょっと……」

口ごもってしまうと、鈴木主任は力強い眼差しを向けてきた。

「今のままでは苦しいだけでしょ？　好きな人につらいままでいてほしくないんだ。ふたりがどうして別れてしまったのか俺にはわからないけど、一度ちゃんと自分の想いをぶつけるべきだよ。……勇気を出して」

いつものようにはにかむ彼に、心が痛む。

そうなのかな。鈴木主任の言うように、気持ちをすべてぶつけて、フラれて。面と向かってお別れすれば、この苦しみから解放される？　今度こそ前に進めるの？

「そろそろ戻ろうか、皆心配していたし」

「……はい」

先に歩きだした鈴木主任のあとを追いながら、神さんに告白してしっかりお別れすることが私にできるのか、考えてばかりだった。

「大丈夫！　今、無事に東京に着いたから。……うん、明日の式には出席するから」

一週間後。亜紀の結婚式に出席するため、前日である今日の十六時、三年ぶりに東京駅に降り立った。

電話を切り、人混みの中をキャリーケースを引きながら歩いていく。

一週間前、自分の気持ちに気づき鈴木主任からのプロポーズを断ったものの、彼も会社の皆もいつも通りに接してくれている。

こっそり松田さんが教えてくれたところによると、鈴木主任が皆に頼んだらしい。

『俺のせいで、小野寺さんがこの会社にいづらくなることだけは、しないでほしい』

鈴木主任の声を真似て言われた時は、泣きたくなった。本当に、どうしてあんなに素敵な鈴木主任ではダメなんだろうと。

松田さんには正直に『残念』って言われちゃったけど、最後に『美月ちゃんが幸せになれることを、皆願ってるから』と言われた時は、我慢できず泣きだしてしまった。

社長と副社長にも『気にせず、これからもずっとここで働いてほしい』と声をかけられ、私はなんて幸せ者なんだろうと思わずにはいられなかった。

お父さんにも電話で報告済み。

お父さんは口を挟むことなく最後まで聞いてくれて、ひと言『わかったよ』と言ってくれた。そして友達の結婚式で上京することを伝えると、『前日から来なさい。久し振りにふたりで美味しい物をいっぱい食べよう』と食事に誘ってくれたのだ。

「えっと、確か『ミズサワホテル』だったよね」

お父さんから送られてきたメールを頼りに、懐かしい東京の街を歩いていく。

亜紀にも報告をすると、実に彼女らしく怒っていた。

『なんであんたはいつもいつも、自ら幸せを手放すことばかりするのよ』って。

もちろん、その言葉の裏には愛情がたっぷり隠されていると知っている。

『思い出の品、持ってきなさい。私が一気に処分してあげるから』

そう言ってくれた彼女に甘えて、神さんとの思い出の物を全部持ってきた。

明日、式が終わったら亜紀に手渡すつもりだ。いつまでも持っているわけにはいかないし、手元にあると、未練がましくいつまでも忘れられないと思うから。

神さんに気持ちを伝えて、面と向かってお別れする勇気なんて出せそうにないけれど、少しでも忘れる努力をしなきゃ。私だってできることなら、もう一度人を好きになって幸せになりたいもの。

万が一、それでもダメだったら……いっそのこと開き直って、『このまま一生独身でもいいかな?』なんて思ってしまっている。どんなに頑張っても忘れられないのなら、そうするしかないじゃない?

ひとりでひっそり生きて、神さんを想って生涯をまっとうするのも、悪くないかもしれない。

「小野寺 美月様ですね、お待ちしておりました」

ホテルに到着し、ロビーで名前を告げるとすぐに対応してくれた。

「お荷物はこちらでお預かりいたします」

「あっ、すみません」

今夜はここの最上階にあるホテルのレストランで、お父さんと夕食をとることになっている。それまで時間があるし、部屋でゆっくりしていようかな。

そんなことを考えながら、ホテルマンに案内されるがままやってきたのは、なぜか客室ではなく、ホテル内にある高級サロンだった。

「こちらへどうぞ」

そう言われるものの、素直に従うわけにはいかない。

「え？　あの、どういうことですか？」

問いかけると、ホテルマンはすぐ答えてくれた。

「高岡様より伝言を預かっております。食事に備えてドレスアップしていなさいと」

ドレスアップって……お父さんってば。

「荷物のほうは責任を持って、お部屋のほうへお運びいたしますので、ご安心を」

「……すみません、それじゃお願いします」

どうして私に相談もなしに、こういうことしちゃうかな。そりゃあホテルのレストランだから、それなりの格好で行かなくちゃいけないとわかってはいるけれど。

そう思いつつも、お父さんの好意は素直に嬉しい。こんなところでドレスアップしてもらえることなんて、もう二度とないかもしれないし、ここはお父さんの好意に甘えることにした。

それから二時間後。全身のマッサージから始まり、メイクにヘアセット、そしてお父さんが用意してくれていた赤いドレスに身を包んだ私は、まるで別人のようだった。

鏡に映る自分の姿をまじまじと見つめていると、担当してくれた女性が「とてもお似合いですよ」なんて言ってくれたものだから、恥ずかしくなる。

「小野寺様、どうぞこちらへ」

そう声をかけられ、ハテナマークが浮かんでしまう。

「え、こちらって……？」

「終了しましたら、ご案内するように承っております」

レストランまで案内だなんて。お父さんってば、どこまで過保護なのだろうか。

呆れつつも、女性スタッフに申し訳なくなってしまう。

「すみません、お願いします」

彼女のあとに続いてサロンを出てエレベーターに乗り込み、最上階を目指すものとばかり思っていたけれど……。彼女に案内されるがまま降り立ったのは、別館である地上二十階建てのホテルの十五階。

「あの――」

「こちらでお待ちです」

『ここではないのでは？』と言いかけたところで声を被せられ、それ以上何も言えなくなってしまった。

それに『お待ちです』ってことは、ここにお父さんがいるってことだよね？

彼女のあとを追ってやってきたのは、大きな扉の前。

待ちかまえていたホテルマンが、重い扉を静かに開けてくれた。

「どうぞお入りください」

前を見据えると、そこは教会。

どういうこと……？

混乱したまま足を踏み入れると、すぐにドアが閉じられてしまった。

まばゆいシャンデリアと花びらが散りばめられた、バージンロード。誰も座っていない参列者席。そんな中、心地よいパイプオルガンの音色が響いている。

「お父さん……？」

前方の最前列に座る後ろ姿に気づいて呼びかけると、彼はゆっくりと立ち上がった。

「もう、何これ。どうしてここに呼び出したりなんか……」

カツンカツンとヒールの音を響かせながら歩を進めるものの、お父さんだと思っていた男性が振り返った瞬間、足が止まってしまった。

「……どうして、ここに？」

息が止まるかと思った。夢でも見ているのだろうか……と目を疑ってしまう。

彼は驚く私を見て微笑み、革靴の音を響かせ、私のもとへ一歩、また一歩とゆっくり歩み寄ってくる。

心が揺れた。近づく距離に戸惑いを隠せない。もう二度と会うことはないと思っていた。ううん、会えるはずなかった。

それなのに――。

彼は私の目の前まで来ると足を止め、三年前と変わらない甘い瞳を向けてくる。

「久し振り、美月」

「……神さん」

天井の高い教会内にふたりの声が異様に響いては、パイプオルガンの音色にかき消されていく。

「少し痩《や》せた……?」

ゆっくりと伸びてきた長い腕。

大きな手が迷いなく私の頬に触れた瞬間、心臓が暴れだしてしまった。

神さんの手が私の頬を包み込み、愛おしそうに撫でていく。

これって夢じゃないのかな……? 今、目の前に神さんがいるなんて。

いまだに信じられないけれど、それでも想いが込み上げ、視界がぼやけてしまう。

「どうして、神さんがここに……?」

掠れる声で問いかけると、神さんは困ったように笑った。

「約束を守ったから。……だから美月をもらいに来た」

「……え、約束？」

声は震えてしまい、溢れ出た涙は頬を伝っていく。

その涙をひとつひとつ拭いながら、神さんは話してくれた。

「美月と約束しただろ？　立派な社長になると。それと俺も言ったよな？　どんなことがあっても、俺のそばから離れないでほしいと。……たとえ離れていかれても、全力で見つけるって」

嘘……あの時の約束、覚えていてくれたの？　信じがたくて目を見開くばかり。

「いきなり美月がいなくなってしまった時は、どうしようもなかった。……でも、最後に過ごした三日間のことを思い出してさ。あぁ、美月はこうしようと決めていたから、あんなこと言ったんだってすぐにわかったよ」

「神さん……」

胸が苦しい。やっぱり神さんは私のことなら、なんでもお見通しなんだ。

神さんは、私の頬や髪を優しく撫でながら続けた。

「すぐに美月を探そうと思った。でも、父さんに止められてさ。美月の気持ちを汲んでやれって。悔しかったら彼女の想いに応えろって。……それからこの三年間、死に物狂いで毎日を過ごしたよ。いつか必ず、美月を迎えに行く日のことばかり考えて」

本当なの？　神さんの話は。だってこんな話、都合がよすぎるじゃない。

ふと、散々聞かされてきた神さんの恋人の存在を思い出し、我に返る。

そうだよ、神さんには恋人がいるはず。

「あのっ……例の彼女さんは？」

「え？　彼女？」

首を傾げる神さんだけれど、私が何を言いたいのかすぐに理解できたようで、小さく息を吐いた。

「あれはガセネタだよ」

「ガセネタ……ですか？」

気になるワードを、オウム返ししてしまう。

「あんなの、嘘に決まってるだろ？　俺が美月以外の人を、好きになるわけがない」

その瞳は、とても嘘をついているようには見えない。

嘘……じゃあ、すべて本当なの？　神さんは今でも私のことを？

熱いものが込み上げてきて、胸が高鳴りだす。

「じゃっ、じゃあ一週間前、テレビで言っていた大切な人って……？」

「もちろん、美月のことに決まっているだろ？」

即答した彼に、本当なんだと認識させられていく。

それが伝わったのか、彼は苦笑いした。

「やっぱりあの噂を信じていたんだな。だから鈴木君と結婚しようと思ったわけ？」

「……っ⁉　どうしてそれをっ？」

驚く私に、神さんは笑った。

「高岡さん、美月のお父さんに聞いたんだよ。実は美月がいなくなってから、何かとお世話になっているんだ。美月の様子も、こっそり教えてもらっていたし」

……全然知らなかった。まさかお父さんと神さんが接点を持っていたなんて。それに何よ、お父さんってば、私の様子を神さんに教えていたの⁉

唖然としてしまう。

「聞いた時は、腰を抜かしそうになったよ。どこかで、美月も俺と同じ気持ちでいてくれているとばかり思っていたから」

「それはっ――」

「大丈夫、わかってるから」

すぐに言い訳しようとしたけれど、神さんが声を被せてきた。

「俺がほかの人と結婚すると思って、自分も前に進まないと、って思ったんだろ？」

確信めいた目で見つめられ、何も言えなくなってしまう。

「高岡さんから聞いたよ。結婚の話はなくなったって。……それってさ、俺は自惚れてもいいの？　美月は今でも、俺を好きでいてくれてるって」

聞いているくせに、その目は自信に満ちている。

神さんはズルい。私の考えていることなんて、お見通しなんでしょ？　それなら私の気持ちだってとっくに知っているくせに、こんな聞き方してくるなんて。

「大好きに決まっているじゃないですかっ……！」

そのまま神さんの胸に飛び込んだ。

「どんなに忘れようと思っても、忘れられないくらい好きです！　神さんがほかの人と結婚しちゃうなら、私、一生独身でもいいかもって思っていたくらいっ……」

泣きじゃくりながら伝えると、神さんは私をギュッと抱きしめてくれた。

「それは嬉しいね。俺も同じことを思っていたから。……もし、美月が鈴木君と結婚してしまったら、一生独身を貫こうと」

「え……？」

思いがけない話に顔を上げると、そのまま唇を塞がれてしまった。

「んっ……」

啄むようなキスを、何度も落とされていく。

次第に深くなる口づけに息があがりそうになると、唇がゆっくりと離される。

瞼を開けると、今にも泣きだしそうに瞳を大きく揺らしている彼が、目に飛び込んできた。

「ずっと美月を迎えに行くことだけを考えて過ごしてきたっていうのに、どうしようかと思った。……俺には美月のいない人生なんて、考えられなかったから」

「神さん……」

そっと名前を呼ぶと、再び唇を塞がれた。何度も角度を変えて交わすキスに、胸が苦しくなってしまう。

「やっと一人前になれた。周りがなんて言おうと、美月を嫁さんにできるくらい」

キスの合間に放たれた言葉。

別れていた三年分を取り戻すように、落とされるキスにクラクラしてしまう。

何度も唇を合わせ、どれくらいの時間が過ぎただろうか。お互いの息はすっかりあがってしまい、それでも名残惜しそうにリップ音をたてて離れた唇を、目で追ってしまう。

「なぁ美月、覚えているか？　以前、俺のことを〝王道ヒーロー〟だって言ってくれたこと」

覚えているに決まっている。

頷くと、神さんはフッと笑みを漏らして言った。

「いつも自分に問いかけてきた。美月にとって今の俺は王道ヒーローだろうか、って」

背中に回っている腕の力が強まり、彼の真剣な瞳が私の目を捕らえる。

「それは今も同じだし、これから先もずっとだ。俺は美月にとってただひとりのヒーローでいたい。三年前、プロポーズした時の気持ちと、何ひとつ変わっていない。世界で一番幸せにする。俺と温かい家庭を築いてほしい」

ひと呼吸置き、神さんは惚れ惚れしてしまうほどの笑顔で、囁くように言った。

「美月……俺と結婚しよう」

神さんっ……！

「はい……はい‼」

神さんは嬉しそうに顔を綻ばせる。

その笑顔に、胸が締めつけられるばかり。

「三年前の俺には何もなかったけど、今は大丈夫。美月のことを全力で守れる。嫌な思いもさせないよ」

「キャッ⁉」

そう言うと、神さんは私の腰と膝裏に腕をしっかり回し、高い位置で抱き抱えた。宙に浮いた途端、咄嗟に彼の首元に腕を回してしまう。

初めて見下ろす愛しい人は、とろけてしまうくらい甘い眼差しを向けてきた。

「さっき散々、神様の前でキスしちゃったけど、もう一度。……一生幸せにするよ、美月」

神さんは私を抱き上げたまま足を進め、祭壇の前まで来るとそっと下ろしてくれた。そしてまた、愛おしそうに私を見つめてくる。

「私も、神さんを幸せにします」

神様に誓います。この先何があっても、三年前に抱いた感情はずっと変わらないと。

「愛しているよ、美月」

初めて生身の声で聞く『愛している』の言葉。三年前は口の動きで伝えてくれたよね。あの時、私も神さんに伝えたかったの。

ゆっくりと近づく距離。そのスピードに合わせるように瞼を閉じ、囁いた。

「私も愛しています」と——。

最初は御曹司の神さんになんて、全く興味がなかった。それなのに、彼を好きになってしまった。それも、幸せにしてあげたいと強く感じてしまうほどに。

別れることが、私にとっても神さんにとっても一番いいことだと思っていたのに、離れて三年経っても私は彼のことを忘れられなくて……。

どうしてなのか、今ならわかるよ。私にとって神さんは、〝運命の人〟だったんだ。

だからこそ、どんなに忘れようとしたってできなかったんだ。

そして私にとって、この世界でたったひとりのヒーロー。

だってそうでしょ？　諦めようと思っていたのに、まるで小説や映画みたいに、こんなタイミングで目の前に現れちゃうんだから。

神様の前で、私たちは何度も何度も愛の言葉を囁き、誓い合った。

もう二度と離れない、この先も、ずっとずっと一緒にいようと——。

特別書き下ろし番外編

未来のお話を少しだけ

神　美月になって早七年。都内の一等地に建てられた一軒家で私と恭介さん、そして生まれて五歳になる息子の健介《けんすけ》と三人で幸せに暮らしている。

春のある休日の昼下がり。リビングのソファに座って印刷した写真をアルバムに整理していると、つい昔の懐かしい写真を眺めてしまって手が止まっていた。

「やだ、健介ってこんなに小さかった？」

アルバムをめくっていると、二階から恭介さんが静かに下りてきた。

「健介寝たよ。午前中、公園に行って疲れていたのか、ベッドに横になったらすぐに寝てくれた」

「やっぱり。恭介さんとずっと走っていたから」

「おかげで俺もクタクタ」

そう言いながら、恭介さんは私の隣に腰かけた。

「何？　アルバムの整理？」

「うん、この間印刷したままだったから」

恭介さんはアルバムを覗き込むと、「懐かしいな」と声を漏らした。

結婚当初はしばらく敬語を使ってしまっていたけれど、恭介さんに『夫婦なんだから』と言われ、少しずつ直して今ではすっかり普通に話している。

「あ、これ俺たちの結婚式の写真だな」

恭介さんが指差したのは、私が披露宴のラストで両親に宛てた手紙を読んでいる写真だった。

「お義父《とう》さん、大号泣だったよな」

口元を緩める恭介さんに、苦笑いしてしまう。

お父さんは、挙式の時からずっと泣いていた。一緒にバージンロードを歩き始める前から、ハンカチで何度も涙を拭っていたくらいだ。

そんなお父さんがいなかったら、私と恭介さんは今の幸せな生活を送れていなかったかもしれない。

恭介さんは私との結婚に関して、誰にも何も言わせないって宣言してくれたけれど、彼の親族と初めて顔を合わせた時、お義父さん以外にはとても歓迎されているムードではなかった。

当たり前だよね。結婚相手が、なんの取り柄もないただの庶民だったのだから。

けれど、今では恭介さんのご家族ともよい関係を築くことができている。それはお父さんの存在が一番大きかった。

籍を入れるまでの間、お父さんが私にありとあらゆる教養を身につけさせてくれたのだ。お花にお茶に、英会話に礼儀作法……挙げたらキリがないほど、徹底的にたたき込まれた。

おかげでお義母《かあ》さんにも認めてもらうことができ、今では時間が合えば、健介と三人でランチをともにする仲だ。

恭介さんとお父さんの関係も良好。同じ経営者として、よく経営学について熱く語り合っている。

そうなると私は入っていけなくなるんだけど、私が邪魔なくらい話に夢中になっちゃう関係を嬉しく思う。

「健介、生まれた時はこんなに小さかったんだな」

恭介さんが懐かしそうに眺めたのは、健介が生まれた時の写真だった。出産直後、看護師さんに三人の写真を撮ってもらったのだ。

「たった一週間の入院中に、たくさんの人に来てもらったな」

「うん、皆健介を抱っこしてくれたよね」

その時の写真が一枚一枚残されている。お互いの両親はもちろん、恭介さんの友達や会社関係の人。親族に亜紀。

亜紀とは今でも頻繁に連絡を取り合っている。彼女の結婚式で恭介さんとのことを報告すると、彼女は自分の結婚式よりも泣いてしまったっけ。

そんな彼女は、今では二歳になる双子のお母さん。毎日大変だとよく愚痴をこぼしているけれど、仕事にも復帰して充実した毎日を送っているようだ。

アルバムには、健介の写真ばかり。日々の成長を写真にたくさん収めてきた。

「初めてハイハイした時やお座りできた時、歩き始めた時に、初めて言葉を口にした時。思えば、すべてふたりで見たり聞いたりできたよな」

「そういえば確かに。健介は親孝行な息子だね」

アルバムをめくりながらふたりで顔を見合わせ、クスクスと笑ってしまう。

「……あ、これ鈴木主任の結婚式の写真だ」

「もうあの日から二年経つんだな。……早いな」

二年前、鈴木主任は私の後任で入った事務員の女性と結婚した。招待状が送られてきた時は、どんなに嬉しかったか。招待状のメッセージ欄に、旧姓の〝小野寺さんへ〟と書かれていたのを見た時は、相変わらずな彼に笑ってしまったけど。

鈴木主任の結婚式には、お世話になった工場の皆や前の職場の先輩たちも招待され、和やかで笑いに満ちた素敵な式だった。余興では課長に昇進した小川さんを中心に、歌とダンスが繰り広げられ、工場の皆もまた、熱いステージで盛り上げてくれた。

鈴木主任の奥さんは笑顔が可愛らしい人だった。ふたり並んでいるところを見て、心からお似合いだなって思えた。終始仲睦まじくて、こっちが照れてしまうほど。

鈴木主任とは退社する時、ある約束を交わしていた。

『俺は誰のヒーローにもなれないんだ』と弱音を吐いた彼に、言ったのだ。『いつかきっと鈴木主任にとっての運命の人と出会えるはずです。鈴木主任だって誰かのヒーローになれるはずですから』と――。

そんな私に彼は言ったんだ。『もしそんな相手と出会えることができたら、その時は小野寺さんが誰よりも一番祝福してね』って。

結婚式中はなかなか声をかけることができず、最後のお見送りの際に彼に伝えたの。『おめでとうございます』のひと言を。

すると実に彼らしく感極まって泣いてしまい、奥さんや彼のご両親一同、びっくりしてしまった。

あの時のことを思い出すと、今でもちょっぴり笑えてしまう。

そんな鈴木主任は今では一児のパパであり、社長職に就《つ》いて日々仕事に専念しているようだ。毎年、仲睦まじい家族写真付きの年賀状を送ってくれている。

「なんかいいな、こうやって美月との思い出が増えていくのって」

しみじみとそんなことを言いだした彼は、私の肩に腕を回し、そっと抱き寄せた。

「結婚前は『美月と結婚したい』『ずっと一緒にいたい』『いずれ家族を増やしたい』っていう、どの願いも漠然としか考えられなかった。なのにそれらすべてが今、叶っているだろ？　きっとこれから先も、こんな風に美月と健介と一緒に、たくさんの思い出を作って幸せを感じながら過ごしていくんだろうな」

「恭介さん……」

そうだね、今はまだ想像できないけれど、この先、健介の成長にふたりで驚かされたり困らされたり、悩んだりさせられちゃうかもしれないね。

それに私と恭介さんだって、時には喧嘩をしちゃうかも。でも、家族ってぶつかり合ってお互いを助け合い、わかり合っていくものだと思う。

「ねぇ、恭介さん」

「ん？」

恭介さんは、私の肩にコツンと頭を乗せてきた。

時々こうやって甘えてくる彼が、今でも愛しく思えてしまう。

「あのね、これから先、楽しいことばかりじゃなくて、つらいことや悲しいこともきっとあると思う。時には衝突しちゃうことも。それでもずっとそばにいてね。これからの未来、ずっと」

「美月……」

彼は顔を上げ、私の頬にそっと触れた。そして、愛しそうに目を細める。

「当たり前だろ？　何があっても美月のそばにいるさ。むしろ離してくれって言われても、絶対離さないから」

あぁ、ダメだな。恭介さんと結婚して七年も経つのに、いまだに彼に言葉ひとつでドキドキさせられてしまう。彼を想う気持ちは、ずっと変わることはないと思う。……ううん、もっともっと大きくなっていくはず。

「恭介さん……大好き」

好きって気持ちが溢れて止まらず、自分から口に出し、彼の腕の中に飛び込んだ。

そんな私を、恭介さんは優しく包み込む。

「俺も……」

そして耳元に口を寄せ、私の耳元で囁いた。「愛しているよ」と。

顔を上げれば、微笑む彼と視線がかち合い、引き寄せられるようにキスを交わす。

「えっと……恭介さん？　さすがにこれ以上はちょっと」

いつの間にかソファに押し倒されてしまい、私に覆い被さっている恭介さんに言うも、彼は意地悪そうに笑うばかり。

「大丈夫。健介は熟睡してるから、美月が声を出さなければ起きてこないよ」

スルリと服の中に手を入れられ、ギョッとしてしまう。

「何言ってるの⁉　まだ昼間なのに……！」

「じゃあ、夜だったらいいの？」

すかさず聞いてきた恭介さんに、顔がカッと熱くなり、恥ずかしさから涙目になってしまう。

そんな私を見て、彼は口元を緩めるばかり。

「美月が可愛すぎて、我慢できそうにないや」

「え……でも！」

慌てる私の首元に彼が顔をうずめた時、二階からドアの開く音が聞こえてきた。

「ママ……パパ？」

一瞬、互いの顔を見合わせ、恭介さんはすぐに私の上から退いて、私もまた起き上がる。

「健介、起きたの？」

そして駆け足で階段のほうへ向かうと、健介が目をこすりながら下りてきた。

「もう眠くないの？　大丈夫？」

健介を抱き抱えると、彼はなぜか私の顔を食い入るように見つめてきた。

「……健介？」

たまらず声をかけると、健介は驚くことを聞いてきた。

「ママ、顔赤いけど、どうかしたの？」

「えっ⁉」

ギクリと身体が反応してしまうと、健介はなぜか恭介さんをジロリと睨んだ。

「もしかして、パパ……ママにひどいことしたの？」

「……そんなわけないだろう⁉」

息子に疑われた恭介さんはフリーズしてしまうも、慌てて立ち上がり、こちらに駆け寄ってきた。

「どうして、パパがママにひどいことをしなくちゃいけないんだよ」

恭介さんが否定しても、健介の疑り深い目はそのまま。

「だって、ママの目赤いんだもん。パパが泣かせたんでしょ？」

「いや、それはっ……！」

これにはさすがの恭介さんも、言葉に詰まる。……もちろん私も。

すると、健介からとんでもない発言が飛び出した。

「ママをイジメるパパなんて嫌いだ！　もう一緒に遊んだり、お風呂に入ったりしてあげないから」

「えっ⁉」

愛しい我が子からの〝嫌い発言〟に、恭介さんは顔面蒼白。

健介は私にしがみつき、恭介さんにあっかんべーをしちゃっている。

「健介……」

唖然とする恭介さんに、我慢できず笑ってしまった。

「もー健介、そんなこと言わないの。それにママはパパにイジメられたりしていないから。……心配してくれてありがとう」

健介の身体をギューッと抱きしめると、彼は「苦しいよママ」と言いながら、先ほど大嫌いだと言った恭介さんに救いの手を求めている。

こういうところが本当に愛しい。それはきっと、すかさず健介を抱きしめた恭介さんも同じはず。

恭介さん、これから先の未来も今みたいに小さな発見や驚きを繰り返しながら、笑い合って過ごしていこうね。

彼らの微笑ましい様子を眺めていると、ふたりが私に手を差し伸べてきた。

「美月も」

「ママも」

声をハモらせたふたりに、また笑ってしまった。

「ありがとう」

ふたりに抱きしめられ、今感じている幸せが今後もずっと続くように強く願った。

END

あとがき

このたびは本作をお手に取ってくださり、ありがとうございました。

今までいろいろなヒーローを描いてきましたが、神さんのような王道のキャラを描いたのは初めてでした。

立ち居振る舞いも、仕事に真摯に取り組む姿勢も、美月を好きになってからの態度も、美月にかける言葉も、すべてがまさに王道ヒーロー。とことん甘いセリフを言ってこそのキャラだと思い、そんな言葉を神さんにたくさん語らせました。

おかげで、執筆中も編集作業中も、自分で書いていて照れ臭かったです（笑）。『こんなセリフ言われたら恥ずかしいけど、嬉しいかも……！』と思いながら。

この作品のもうひとりのヒーローである鈴木主任は、神さんとは正反対。ドジッ子で仕事がデキるわけでもなく、見た目だってそれほどではないのに、読者様から人気でびっくりしたのを、今でもよく覚えております。

実は、美月をどっちの男性と幸せにさせるか最後まで悩んでいたので、鈴木主任派の読者様がいてホッとしておりました。

そんなふたりの魅力をさらにアップさせて、書籍として皆様にお届けすることができて幸せです。

ふたりの間で揺れ動く美月に、少しでも共感していただけたら嬉しいです。

本作でも大変お世話になった説話社の額田様、三好様、そしてスターツ出版の皆様。素敵な神さんと美月を描いてくださった den 様。編集に携わってくださった皆様。何より、いつも作品を読んでくださる皆様、本当にありがとうございました！

今後もマイペースにではありますが、大好きな執筆活動を続けていきたいと思っております。

またこのような素敵な機会を通して、皆様とお会いできることを願って……。

田崎《たさき》くるみ

田崎くるみ先生
ファンレターのあて先

〒104-0031
東京都中央区京橋 1-3-1
八重洲口大栄ビル 7F
スターツ出版株式会社　書籍編集部　気付

田崎くるみ 先生

本書へのご意見をお聞かせください

お買い上げいただき、ありがとうございます。
今後の編集の参考にさせていただきますので、
アンケートにお答えいただければ幸いです。

下記 URL または QR コードから
アンケートページへお入りください。
http://www.berrys-cafe.jp/static/etc/bb

ベリーズ文庫

次期社長の甘い求婚

2017年8月10日　初版第1刷発行

著　者　田崎くるみ
©Kurumi Tasaki 2017

発行人　松島 滋

デザイン　カバー　根本直子（説話社）
フォーマット　hive & co.,ltd

校　正　株式会社　文字工房燦光

編　集　額田百合　三好技知（ともに説話社）

発行所　スターツ出版株式会社
〒104-0031
東京都中央区京橋1-3-1　八重洲口大栄ビル7F
TEL　販売部　03-6202-0386（ご注文等に関するお問い合わせ）
URL　http://starts-pub.jp/

印刷所　大日本印刷株式会社

Printed in Japan

乱丁・落丁などの不良品はお取替えいたします。
上記販売部までお問い合わせください。
定価はカバーに記載されています。

ISBN 978-4-8137-0300-6　C0193

『副社長とふたり暮らし＝愛育される日々』

葉月《はづき》りゅう・著

貧乏OLの瑞香は地味で恋愛経験もゼロ。でもクリスマスの日、イケメン副社長・朔也に突然デートに連れ出され「もっと素敵な女にしてやりたい」とおしゃれなドレスや豪華なディナーをプレゼントされ夢心地に。さらに不測事態発生で彼と同居することになり…！

ISBN978-4-8137-0299-3／定価：本体640円＋税

ベリーズ文庫
2017年8月発売

書店店頭にご希望の本がない場合は、書店にてご注文いただけます。

『次期社長の甘い求婚』

田崎《たさき》くるみ・著

大手企業で働く美月は、とある理由で御曹司が大嫌い。でも社長のイケメン息子、神に気に入られ、高級料亭でもてなされたりお姫様抱っこされたりと、溺愛アプローチされまくり!?　嫌だったのに、軽そうに見えて意外に一途な彼に、次第にキュンキュンし始めて…？

ISBN978-4-8137-0300-6／定価：本体640円＋税

『肉食系御曹司の餌食になりました』

藍里《あいさと》まめ・著

地味OLの亜弓は、勤務先のイケメン御曹司・麻宮に、会社に内緒の"副業"を見られてしまう。その場は人違いとごまかしたものの、紳士的だった麻宮がその日から豹変！甘い言葉を囁いたりキスをしてきたり。彼の真意がわからない亜弓は翻弄されて…!?

ISBN978-4-8137-0296-2／定価：本体630円＋税

『寵愛婚－華麗なる王太子殿下は今日も新妻への独占欲が隠せない』

惣領《そうりょう》莉沙《りさ》・著

第二王女のセレナは、大国の凛々しい王子テオに恋をするが、彼はセレナの姉との政略結婚が決まってしまう。だけどなぜか彼はセレナの元を頻繁に訪れ、「かわいくて仕方がない」と甘く過保護なまでに溺愛してくる。そんなある日、突然結婚の計画に変更が起きて…!?

ISBN978-4-8137-0302-0／定価：本体650円＋税

『溺愛副社長と社外限定!?ヒミツ恋愛』

紅《くれない》カオル・著

ホテルで働く美緒奈は女子力ゼロのメガネOL。けれど、友人のすすめで、ばっちり着飾り、セレブ船上パーティーに参加することに。そこで自分の会社の副社長・京介に出会うが、美緒奈はつい名前も素性も偽ってしまう。けれどそのままお互い恋に落ちてしまって…。

ISBN978-4-8137-0298-6／定価：本体630円＋税

『ポンコツ王太子と結婚破棄したら、一途な騎士に溺愛されました』

灯乃《とうの》・著

人質まがいの政略結婚で、隣国の王太子へ嫁いだ公爵令嬢ユフィーナ。劣悪な環境でも図太く生きてきたが、ついに宮中で"王太子妃暗殺計画"が囁かれ出す。殺されるなんて冗談じゃない！と王太子妃がまさかの逃亡!?　そして、愛する幼なじみの騎士と再会をして…。

ISBN978-4-8137-0301-3／定価：本体620円＋税

『イジワル御曹司のギャップに参ってます！』

伊月《いづき》ジュイ・著

男性が苦手なOL光子は、イケメン御曹司だけど冷徹な氷川が苦手。でもある日、雨に濡れたところを氷川に助けられ、そのまま一夜をともにすることに!?　優しい素顔を見せてきて、甘い言葉を囁く氷川。仕事中には想像できない溺愛っぷりに光子は翻弄されて…!?

ISBN978-4-8137-0297-9／定価：本体630円＋税